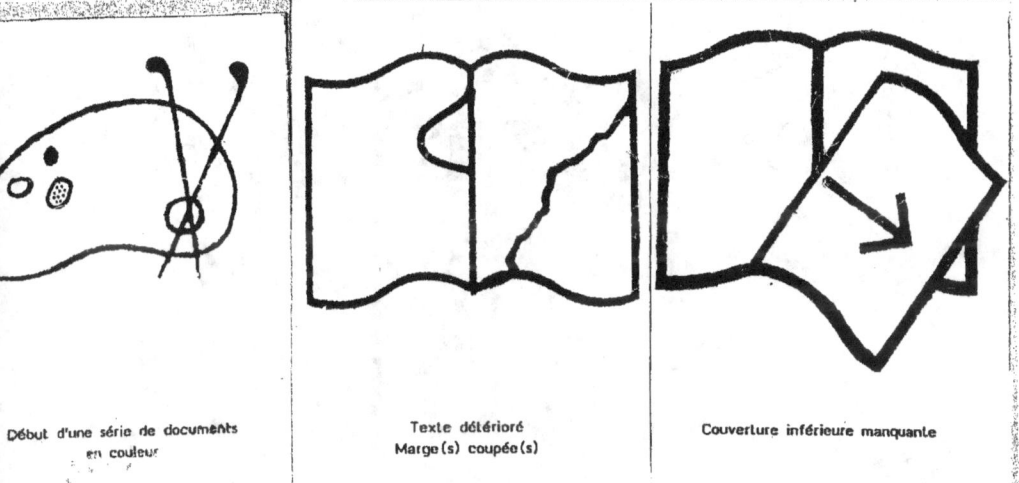

Début d'une série de documents
en couleur

Texte détérioré
Marge(s) coupée(s)

Couverture inférieure manquante

Henry DETOUCHE

SOUS LA DICTÉE DE LA VIE

2ᵉ MANUSCRIT

Les Grains

du

Sablier

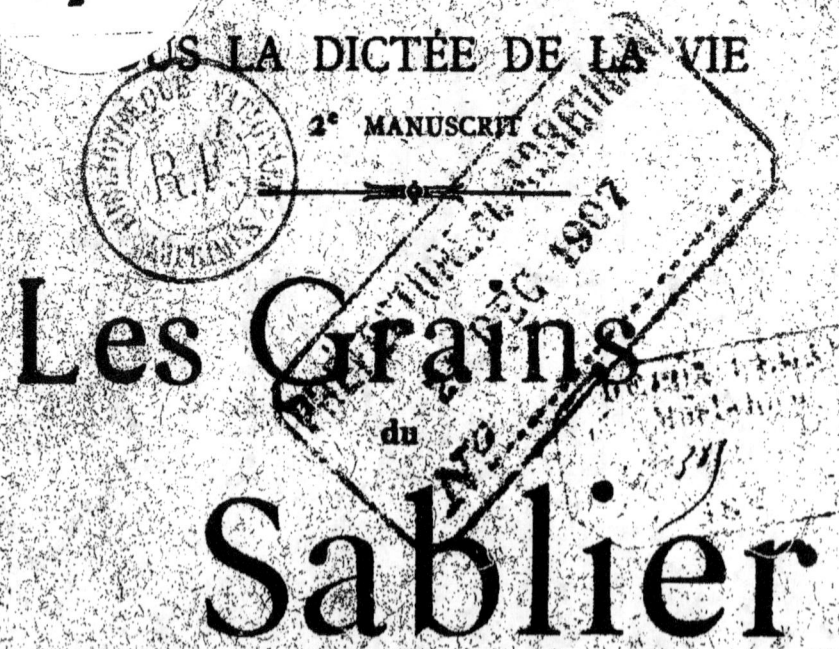

Avec un Frontispice de A. Willette

Le poète, l'artiste, l'écrivain n'est trop souvent que celui qui sait rendre : il ne garde rien. **LA ROCHEFOUCAULD.**

Je vais comme un homme ivre du désir à la jouissance, et dans la jouissance, je regrette le désir. **GOËTHE.**

L'unique poursuite des joies intérieures tue l'ambition. **E. RENAN.**

PARIS

A. BLAIZOT, ÉDITEUR

22, rue Le Peletier

—

1908

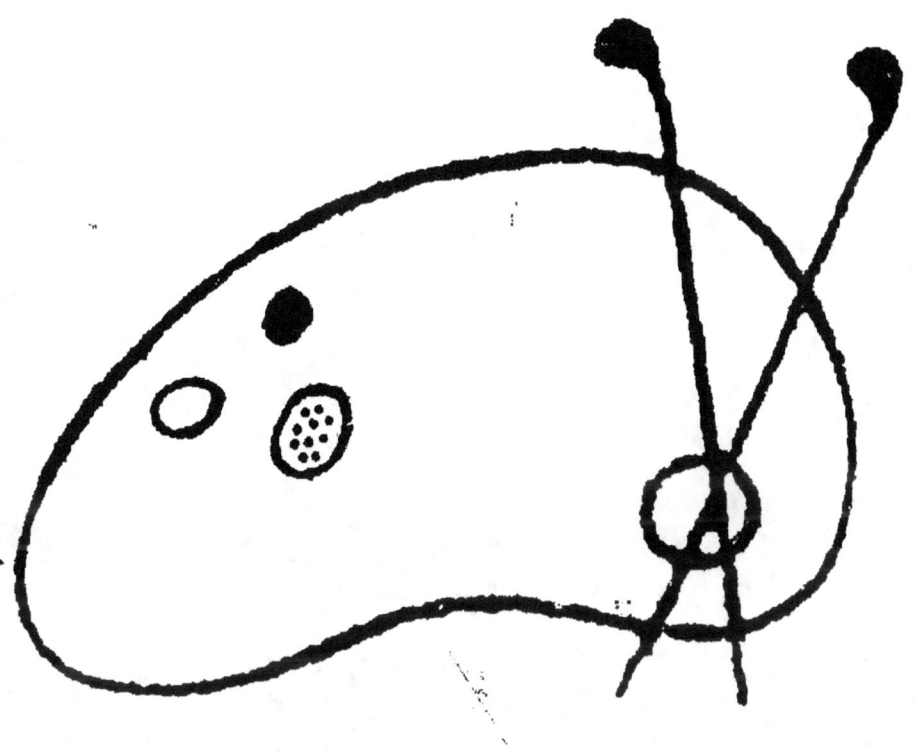

Fin d'une série de documents
en couleur

Les Grains du Sablier

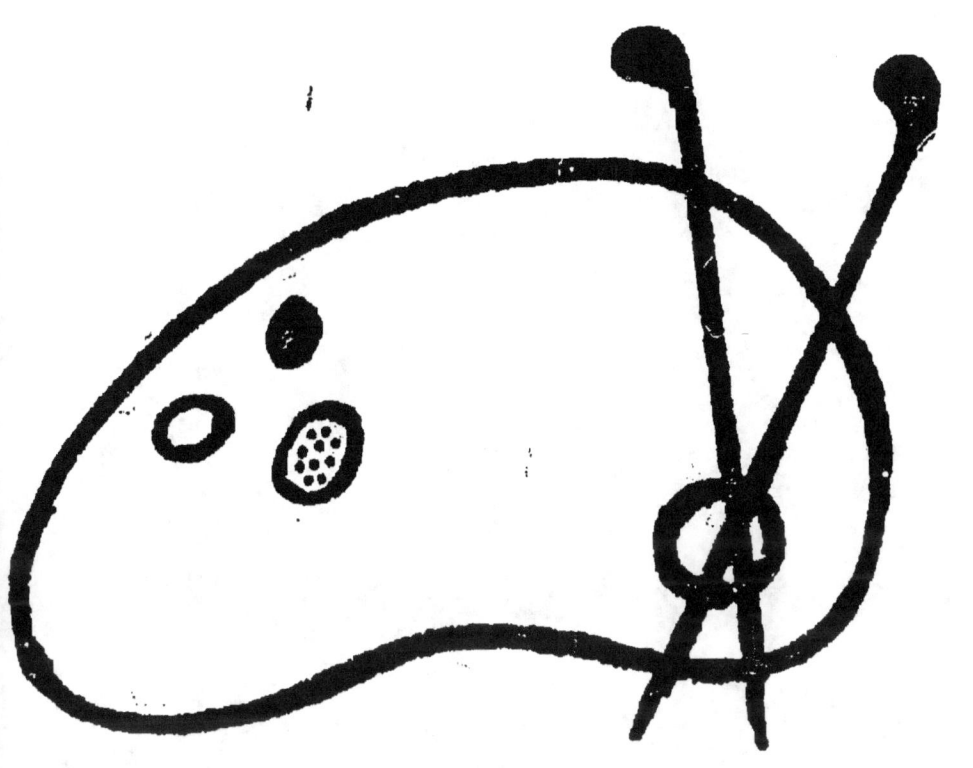

TENTATION DE SAINT ANTOINE

SOUS LA DICTÉE DE LA VIE

2e PARTIE

Les Grains

du

Sablier

Avec un Frontispice de A. Willette

> Le poète, l'artiste, l'écrivain n'est trop souvent que celui qui sait rendre : il ne garde rien.
> **LA ROCHEFOUCAULD.**

> Je vais comme un homme ivre du désir à la jouissance, et dans la jouissance regrette le désir. **GOËTHE.**

> L'unique poursuite des joies intérieures tue l'ambition. **E. RENAN.**

PARIS

A. BLAIZOT, Éditeur

22, rue Le Pelletier

1908

QUELQUES FACETTES DE L'AME FÉMININE

Un Rangement

A Monsieur Roger Marx.

> La femme est un diamant
> qui se taille de lui-même
> par une incessante coquet-
> terie, et qui, fier de ses
> feux multiples, ne demande
> qu'à être bien monté.

Elle lui dit. — Un jour je viendrai chez toi pour ranger tes affaires. Je ne peux pas voir un désordre pareil. Je ne comprends pas que tu vives là-dedans !..

— 1 —

Et de la poussière avec ça... Du reste, il est impossible de nettoyer et d'épousseter avec tant de meubles et tant de bibelots.

Il accueillit cette proposition avec un sourire, une satisfaction de voir que son amie prenait intérêt à son intérieur de garçon, mais, néanmoins, il se glissait dans ce sentiment une pointe d'inquiétude. Comment une volonté autre que la sienne allait-elle se manifester là où son caprice seul régnait depuis tant d'années. — Ça n'a pas l'air de te faire plaisir? — Si si, répondit-il avec empressement. On n'en reparla pas ce soir là.

Une semaine après, toujours svelte, élégante et particulièrement fringante, elle sonnait à sa porte. Apprenant qu'elle n'avait pas encore déjeuné, il donna des ordres pour improviser rapidement une collation. Elle ne voulut d'abord rien prendre alléguant qu'elle n'avait pas faim. Il insista, et enfin on se mit à table. Tout alla bien ; il y eut de gentils regards échangés, des propos plaisants, et la gaieté se répandit dans la pièce où ils batifolaient tous deux.

La jeune femme pénétra dans la chambre à coucher. — Est-il possible d'habiter dans un tel désordre ?.. Il fit valoir timidement que cela ne l'empêchait pas de dormir quand il avait le cœur heureux, et il embrassa sa compagne sur la nuque. Elle se débattit et s'écria vivement. — Allons allons ! ne perdons pas de temps. Je veux ranger tout ça comme je l'entends. Dabord, pourquoi ces chaises

sont-elles là au lieu d'être ici ? Et ce fau-
teuil, pourquoi n'est-il pas en face, et
cet autre vis-à-vis ?... Et, joignant le geste
à la parole, elle modifia de suite la disposition du mobilier. Encouragé, par ce
changement rapide, elle passa à la che-
minée. — Je vous demande un peu
pourquoi ces papiers sont-ils là ? Et cette
bouteille d'eau de Cologne, est-ce que
c'est sa place ici ? Porte-la dans le ca-
binet de toilette. Oh ! les hommes ! Et
cet autre flacon, mets-le avec... Et cette
statue, elle a un membre cassé ! Peut-on
avoir chez soi des débris comme ça ! Et
elle leva, en disant cela, ses jolis yeux
clairs vers le ciel, ce qui lui donna l'expression d'une vierge en extase. Il avança
néanmoins que beaucoup d'antiques
étaient dans le même cas, que la Vénus

de Milo et celle de Syracuse — Oh ! avec
ça qu'elle est jolie avec sa taille de cui-
sinière et ses bras de... — Ah ! non,
pour les bras, n'en parle pas... Je sais ce
que je dis ! répliqua-t-elle vivement. Il
ne crut pas devoir insister, et dissimula
un sourire sous sa moustache qu'il releva
d'un petit air affranchi. (Cette attitude
de la moustache est une protestation
muette, mais significative, mesdames ;
elle dit : je prendrai ma revanche quand
le moment sera venu, je lève les crocs
qui révèlent la conspiration latente et la
révolte prochaine de mon maître). — De
plus, en quoi est-elle ? ajouta l'ordon-
natrice. — En plâtre, répondit-il hum-
blement, en plâtre patiné — J'en étais
sûre... comme c'est joli d'avoir des statues en plâtre. Je comprendrais encore

une œuvre d'art de valeur, et elle dit cela avec condescendance, mais un plâtre. Allons ! prends ça et porte-le à la cuisine, et, étonnée de son obéissance qui n'était pas habituelle, elle ajouta. — Et puis tu sais, ne la remets pas là ; je ne veux plus la voir quand je reviendrai.

Maintenant, toutes ces boîtes, toutes ces allumettes,... y en-a-t-il ? — Mais chérie, c'est que, quand je rentre le soir, je ne les trouve jamais dans l'obscurité et j'en mets un peu sur tous les meubles pour avoir plus de chances de les rencontrer. Elle s'arrêta, le regarda dans le blanc des yeux et lui dit : — Tu n'as qu'à allumer la bougie, tu verras clair tout de suite pour les trouver. Il ne s'attendait pas à cette nouvelle réplique et se tint coi.

Alors se produisirent des permutations multiples et rapides de toutes choses, les lampes changèrent de chambre, les cannes et les parapluies émigrèrent, les chaises subirent encore des changements de place. Il fut réquisionné pour aider son amie à les mettre en face de l'endroit où elles se trouvaient précédemment, et, comme ils tenaient tous deux un meuble dans les bras, ils passèrent tout près l'un de l'autre, se frôlèrent en se faisant vis-à-vis, firent demi-tour au point d'arrivée et se retrouvèrent face à face. — Nous avons l'air de danser un quadrille, murmura-t-il. Elle serra les lèvres, tenant à être sérieuse, et resta très fière et très digne, ne voulant encourager aucune espèce de plaisanterie qui attenterait au sérieux de l'opération qu'elle avait entreprise. Un chapeau, deux chapeaux, des cravates, des boîtes à crayons, des lettres, des paquets de cigarettes, un bougeoir, toute une série de volumes et de brochures, un encrier, des porte-plumes, un cendrier, un tire-boutons, un canif, etc., etc. tout cela fut rejeté impitoyablement dans la salle à manger. Et pour légitimer son acte, la belle impérieuse dit à son ami, les bras ballants : — Est-ce que c'est la place de tout ça dans une chambre à coucher ? — Mais ça n'est pas davantage à sa place dans la salle à manger, et c'est là que tu viens jeter tout ça. Eh bien ! tu les mettras dans une autre pièce, voilà tout. N'importe, il suivait de l'œil tous les mouvements de son amie pour surveiller le

placement des menus objets qui s'esca-
motaient vivement, et Dieu sait s'il
avait à faire. Elle se multipliait d'inquié-
tante façon ; sa taille fine et souple se
tordait en d'infinies variétés de poses,
et sa croupe, il la voyait partout, se demandant émoustillé depuis le déjeuner
si elle ne finirait pas par se reposer
quelque part. Il était prêt à subir toutes
ces épreuves, mais, n'importe, le temps
passait et il aurait voulu de tout son
cœur et de tout son corps qu'elle se re-
posât enfin un peu. Il se résigna ne voulant pas trop trahir son désir. — Dis
donc, mignonne ! tu n'es pas un peu
fatiguée depuis le temps que tu es sur
pied ? — Non non, il faut que tout soit
fait aujourd'hui. Et ce n'est pas pour
mon plaisir, je t'assure ; regarde comme

je suis propre et elle tendit ses deux mains délicates dont les doigts étaient empoussiérés. — Est-il possible d'avoir un intérieur aussi peu soigné !...

Il la laissa donc ainsi aller d'une pièce à l'autre, déplaçant, dérangeant, remettant, roulant toutes choses avec un imperturbable sérieux. Et lui, habitué au placement des objets qui lui étaient familiers, se disait mentalement : « Où trouverai-je cela ? Où chercherai-je ? Comment vais-je faire désormais ? Mais il essayait de noyer toutes ces préoccupations dans un sourire, quand sa compagne passait à côté de lui, pour n'être pas surpris en état de mauvaise humeur. Le temps passait néanmoins. — Eh bien ! dit-elle enfin triomphalement, n'est-ce pas cent fois mieux ainsi, en lui

faisant considérer la chambre à coucher.
— Est-ce que tu ne sens pas qu'il y a
plus de place, qu'on est moins gêné ! Et
comme il se sentait observé — Oui, dit-
il faiblement, et son regard coula malgré lui dans la salle à manger qui s'é-
tait remplie de tout ce qu'on avait enle-
vé dans l'autre pièce. Elle comprit son
expression si furtive qu'elle fût. — Oh !
mais je m'en vais faire là même chose
dans la salle à manger, sois tranquille.
— Ah ! ce n'est pas fini, hasarda-t-il. —
Ça t'ennuie ?... mais ce n'est pas pour
moi que je fais cela, crois-le bien !...

Maintenant, où est le rideau indien
que tu avais une fois et que tu avais plissé
au-dessus du lit ? — Ah ! je ne sais pas.
— Parce qu'il faudrait le remettre, chercher un arrangement : ce n'est pas com-

plet ainsi : — Eh bien ! je le chercherai, mignonne, et il l'agrafa amoureusement au passage. — Non, pas maintenant, répliqua-t-elle sévèrement. Pourquoi ? pensa-t-il avec malice, puisque tu es d'avis de mettre tout en place. — Allons, va chercher cette étoffe. — Tu y tiens bien ?. I.l s'était assis, espérant tout. Cette fois il ne put dissimuler son impatience ; il prit les clefs nerveusement et se rendit au fond de l'appartement. Il en revint les mains vides : l'étoffe n'était pas là. Il fouilla dans les armoires, secoua tout pêle-mêle. La jeune femme le considéra de côté, et se prit à lui en vouloir de sa mauvaise grâce. Il s'en aperçut bientôt à la façon dont elle lui répondit. Pour accentuer son ressentiment, elle saisit les divers accessoires de son

costume et se mit à se rhabiller hâtivement, les lèvres serrées, l'œil mauvais.
Il considéra alors le changement brusque
de son appartement, ce demi-rangement
qui était pire que tout, ses habitudes
contrariées — C'est une besogne délicate
entre toutes dans la vie, que de prendre
une nouvelle disposition des meubles et
des objets familiers à la vue, au toucher
et chers à l'esprit, — une perturbation
soudaine, inattendue du décor quotidien
de son existence, les modifications ap-
portées dans son lever et son coucher
par le déménagement inexorable des
choses préférées. Il constatait le résul-
tat d'une tyrannie consentie dans un
moment d'amour et d'abandon de sa
volonté Il avait abdiqué un instant
toute énergie directrice dans l'extase de

la femme chérie. C'était la première fois qu'il se prêtait à cette tentative. S'il avait laissé déjà ravager son cœur et sa cervelle, il avait du moins défendu son « home » d'une façon farouche jusqu'ici. Aujourd'hui l'expérience faite, il restait là avec ses meubles, ses livres, ses mille riens qui sont tout dans la vie d'une intelligence, tout cela perturbé, bouleversé comme par un cyclone. La bonne fée était devenue marâtre, le sourire d'enchantement s'était transformé pour un geste, pour un simple coup d'œil en une expression dure et impitoyable. Il eut conscience d'un effondrement de rêve, d'une faillite immédiate de bonheur, et il demeura accablé tandis que son amie hautaine, parée de la tête aux pieds, rayonnante de sévérité, l'œil implaçable passait devant lui. Le frôlement de sa jupe soyeuse sur sa joue fut la seule caresse involontaire qu'il reçut de la bien-aimée.

Après une dernière et vaine tentative pour la retenir, le claquement de la porte qui se referma eut un écho douloureux dans son cœur. Cette vibration dernière lui suscita successivement le regret, le remords, la haine, le mépris, et de tout cela mêlé confusément, il ne subsista qu'un sentiment vague, infini, du néant de toutes choses, de l'intermittence éternelle du bien et du mal, et d'une invocation fervente aux forces mystérieuses pour lui donner désormais l'insensibilité des émotions, et lui épargner pour toujours la peine, fut-ce au prix de la privation des joies et des voluptés... Et il

demeura pendant un temps indéfini
en proie à des fluctuations contraires
auxquelles il ne chercha pas à se dérober, car, s'il lui semblait qu'il était désormais seul sur terre, il sentait un malaise
vague et un trouble tumultueux comme
si le monde entier eut été en lui.

Profession de Foi

A Edouard Benedictus.

..... Comme il la pressait ce jour-là encore plus que de coutume, et qu'il se
consumait de désirs. — Eh bien ! soit,
dit-elle, si vous préférez cela à être l'a-
mant rêvé, c'est-à-dire celui que je ne
connais pas entièrement, que je doue de
toutes les qualités que je puis désirer
chez un homme. Vous étiez jusqu'à présent l'amoureux accepté et toujours
bienvenu, celui dont la vue m'était sans

cesse nouvelle et charmante, que j'aimais à voir perpétuellement près de moi, attentionné au moindre de mes caprices, que je sentais à la fois humble et hardi, domptant ses appétits, ayant l'esprit plus haut que la chair, demandeur muet et adorateur permanent. Vous voulez maintenant plus que les faveurs dont le prix aurait dû être éternellement inestimable pour vous. Vous étiez, et moi aussi, à l'âge d'or de l'Amour. Nous vivions tous deux dans le rêve étoilé. Mais cela ne vous suffit plus, paraît-il ; vous dédaignez maintenant l'œillade qui vous faisait tressaillir il y a deux mois. Vous n'appréciez plus le frôlement de mes doigts émus. Tout cela vous paraît fade, décoloré, insuffisant à cette heure. Tant pis pour vous, car je pourrai grâce, à

votre exigence, dire bientôt impunément
que je vous aimais ainsi. Désormais,
comme vous voulez avoir de l'avance-
ment dans les privautés, comme vous
êtes blasé sur les premières délices, je
vous aimerai moins, sachez-le bien, et cela
sans le vouloir, malgré moi. J'en aurai
du regret, mais il en sera ainsi, je vous
le jure. Ce que vous aurez obtenu dans
la réalité, vous le perdrez dans le rêve,
et ce sera justice. Allez, être positif que
vous êtes, obéir aux convoitises qui vous
mènent ; quant à moi, mon esprit, li-
béré maintenant, convolera en d'autres
songes.

Le jour où vous vous enorgueillirez de
ma possession totale, où vous vous croi-
rez arrivé au comble du bonheur, à
l'heure suprême où vous serez enivré de

volupté, où votre corps sera en liesse tandis que votre âme-paon par les cent yeux de ses désirs réalisés fera magnifiquement la roue, à l'instant où la femme déité d'hier, tombée de son piédestal et couchée sous l'étreinte, ne sera plus que le socle de votre vanité satisfaite, la différence qu'il y avait entre vous et mon mari, et que je me faisais une joie de maintenir, aura disparu d'un coup. Vous m'aurez révélé, mon pauvre ami, cette chose infiniment décevante qui navre mon cœur, c'est que tous les hommes sont le même.

Orgueil Féminin

À ARMAND RASSENFOSSE.

Il avait soutenu dans une discussion, ce soir-là, le charme de la femme anglaise. Il avait affirmé qu'à Londres, et plusieurs fois en voyage, il avait rencontré de délicieuses créatures à la carnation claire et fraîche, à l'idéale blondeur, au regard profond, à la lèvre fièrement arquée, qui donnait une expression de dédain et aristocratisait la beauté. Il rappelait chaleureusement à

sa voisine de table, ses ravissements
devant les toiles de Reynolds de La-
wrence et de Rœburn ; toute cette galerie de vivantes personnes hautaines et
douces, rêvant dans des parcs si verts, à
l'ombre de ces grands et vieux arbres
qui constituent un si prestigieux cadre
au charme britannique. Il citait le portrait d'Elizabeth Howard, duchesse de
Rutland, d'Hoppner, et la délicieuse
toile représentant Mistresse Raikes que
Romney avait peinte souriante, bien
cambrée, rejetée en arrière en jouant
du clavecin. Celle-ci, il l'avait vue chez
M. Léopold Hirsch esquire, une autre
encore, un portrait de la célèbre Lady
Hamilton du même artiste....

Elle lui avait répondu par un sourire
moqueur, un regard de pitié presque,

en lui disant que jamais, jamais, elle n'avait rencontré de, sa vie une seule Anglaise vraiment jolie. — Mais où les trouvez-vous donc ces idéales beautés ? Je vois toutes les Anglaises maigres, marchant comme des hommes, coiffées du sempiternel canotier droit sur le crâne, totalement dépourvues de grâce, les dents longues et saillantes, les coudes pointus, les pieds grands, attifées sans goût, portant des étoffes aux couleurs brutales. Et lui, se récriait. — Mais vous ne voyez que ce qui s'exporte, l'Anglaise aristocratique et stylée ne court pas les rues.

Assistez aux dîners des grands hôtels de Paris ou, mieux que cela, allez à Londres, à Hyde Parck, ou aux courses d'Epsom ou à Brighton ; et encore, sans aller jusque-là, courez dans la capitale, voyez les blondes filles qui servent dans les bars Spiers et Pund, si séduisantes en offrant dans le métal étincelant le staout ou l'ale mousseux, couleur de leur cheveux et que vous trouvez aussi frais que leur teint en le buvant. Passez dans Hay Market ou Regent Street le soir et vous verrez si les lumineuses tresses des belles galantes ne semblent pas avoir été données aux peuples septentrionaux pour les consoler de la privation du soleil. Vous verrez s'il ne se dégage pas vraiment de la lumière de ces coiffures édifiées majestueusement sous les grands chapeaux, et si ce ne sont pas des rayons d'astres captés et assouplis. Je voudrais que vous fussiez homme un instant pour que vous puissiez éprouver comme moi, dans leur intimité, en caressant ces chairs claires, un peu de la joie que je ressentais étant enfant à marcher dans la neige encore immaculée. Je voudrais encore que.... — Non non, interrompit son interlocutrice, je ne vous écoute plus ; je n'ai jamais rencontré que des Anglaises caricaturales, vos beautés ne se trouvent que dans les keepsakes ; elles sont purement conventionnelles, et c'est un cliché qu'on reproduit à satiété, celui de la beauté idéale des filles d'Albion ; et son œil étincelait, ses joues s'empourpraient dans la véhémence de son interruption.

Elle voulut, en sortant du restaurant, qu'il la reconduisît dans l'appartement qu'elle avait retenu à l'hôtel. Arrivés à la porte, elle le fit monter pour lui montrer, l'œil encore allumé, différents achats qu'elle avait faits dans la journée.

— Vous pouvez vous asseoir, si cela vous plaît. Il prit un siège, regarda, apprécia les différents bibelots, et envisagea ensuite la mine de la jeune femme. Elle était en vérité fort jolie, élégante de taille et dans d'admirables proportions de corps.

Elle jeta éventail, chapeau, manteau, gants épars sur les différents meubles qui se trouvaient sur son passage, car elle ne tenait pas en place. Quand elle en fut à la robe, elle regarda de côté son contradicteur et en dégrafa lentement le corsage. Lui, se demandait ce qui allait advenir de cette intimité imprévue qui se préparait.

Elle se dirigea vers la porte d'entrée,

la ferma intérieurement et revint dans sa chambre à coucher sans dire un mot. Les jupes, le corset, les bottines, les jarretelles et les bas se détachèrent successivement et s'éparpillèrent à leur tour. La jeune femme se révéla ainsi comme une superbe fleur qui aurait fait crever son enveloppe et qui écarterait ses pétales dans un soudain épanouissement. Cependant son masque était impassible, ses lèvres ne se desserraient pas. Il y avait un courroux intérieur que le gonflement rythmé des seins trahissait seul.

Debout, appuyée au lit, comme inconsciente de son état, elle regarda longuement son compagnon qui était resté discrètement dans la pièce voisine.

— Vous pouvez entrer... si l'envie vous

en prenait toutefois, ajouta-t-elle en
baissant la voix sur un ton de raillerie.
Il profita de cette autorisation, et, quand
il fut entré, elle enleva lentement sa
chemise de batiste si légère et si fine,
qu'elle aurait pu en la chiffonnant la
tenir toute entière dans sa main fermée.
Il resta en extase. Elle, comme insou‾
ciante de son état, le pria de s'asseoir
du même ton que la première fois. Un
certain temps s'écoula pendant lequel
elle fut caressée par le regard inquisiteur
de l'homme. Aucun frémissement de la
peau ne trahit le moindre trouble de la
part de la beauté triomphante. Elle partit
cependant, et s'absenta quelques instants
pendant lesquels les oreilles de l'homme
tintèrent ; le sang lui venait au cerveau
et charriait cent pensées qui étaient mille

désirs. Quand elle reparut, grande, svelte, avec d'exquises rondeurs qui étaient autant de reposoirs d'amour, ses lèvres à lui étaient sèches et il ne trouva aucun mot à dire. Ses gestes seuls et son visage trahissaient plus de choses qu'il n'aurait pu en proférer...

Il balbutia enfin quelques formules d'admiration, s'avança les mains tendues, mais les doigts tremblants. Elle le regarda dédaigneusement, sans répondre un mot, et ayant ouvert les draps, elle se complut à rester assise de côté sur le lit, les bras écartés. Alors il se rapprocha, les sens surexcités et voulut déposer un baiser sur son genou rose. — Oh! pas là, répondit-elle,.... le pied d'abord. Il s'agenouilla et obéit.

Il crut avoir alors la permission de

monter. — Pas si vite; vous aurez toute la nuit pour vous faire pardonner vos paroles de tout à l'heure... — Mais quelles paroles? — Vous comprendrez... Ne suis-je pas jolie? — Suprêmement belle. — Il est temps que vous en conveniez... Bravant tout, il se jeta sur elle et ses baisers, respectueux d'abord, devinrent goulus. Et comme il s'arrêta pour reprendre respiration.. — Encore, toujours, dit-elle doucement, les sourcils froncés, l'œil sévère; et ayant parcouru toute cette étendue de chair blonde et parfumée; il recommença. — Les Anglaises sont-elles encore jolies ? — Pas tant que vous. Un petit rire étouffé lui répondit.—Il faut le répéter encore, encore. Suis-je bien ? — Splendidement belle. Dites-le encore en m'embrassant... Allez

allez. Répétez que je suis belle, que les
Anglaises ne le sont pas. Dites-le plus
haut. Répétez-le qu'il n'y en a pas de
belles. — Il n'y en a pas de belles. Elle
releva en ce moment la tête de son admi-
rateur en le tirant par les cheveux et
elle crut surprendre un sourire. — Ah !
mais je veux que ce soit sérieux, et elle
le repoussa — Oui, oui — Quoi oui ? —
Elles ne sont pas belles, elles ne l'ont
jamais été, elles ne le seront jamais...
— Allons, cela me suffit. Mais il faut que
vous vous excusiez encore davantage —
De tout mon cœur, dit-il — Et de tout
votre corps, ajouta-t-elle. Mettez-vous à
votre aise. Il se dévêtit en deux minutes
et reprit sa place d'amant passionné.

Quand elle eut clos ses paupières, ses
lèvres au rose avivé découvrirent ses

dents et, couchée sur le dos, elle voulut recevoir toutes les marques de passion.
— Répétez que je suis belle encore, encore,... que vous m'aimez,.. plus que tout ce que vous avez vu et aimé jusqu'à ce jour. Allez ! dites encore mantenant que je suis belle, belle, belle, très belle, que les Anglaises ne valent rien... allons ! Rien, ni en beauté. — Ni en beauté. — Ni en amour — Ni en amour.

Et comme il voulait se rejeter à son côté. — Non, restezlà ainsi. Mais, mettez vos jambes sur les miennes exactement. Qu'aucune partie de votre corps ne soit distraite de moi-même. Que tout entier vous m'apparteniez. — Je suis comme crucifié ! dit-il haletant. —Oui, c'est ainsi que je vous veux. Etreignez-moi bien et répétez tout ce que vous

avez dit tout-à-l'heure. Allez, dites que je
suis la plus belle que vous ayez connue.
— Oui, plus belle que toutes les Anglaises. — Non, laissez les Anglaises
maintenant. Quelles sont les femmes
que vous avez aimées? allez, — Eh
bien! il y a Célina, il y a Sarah, il y a Hélène et puis... — Ne me lâchez pas . —
Il y a Carmen et puis Marie-Louise. —
Laquelle avez-vous le plus aimée ? —
C'est Hélène. — Elle était jolie? — Oui.
— Aussi jolie que moi, interrogea-t-elle
sur un ton de légère ironie — Oh ! non,
reprit-il le corps et l'âme en feu — Alors
je suis mieux — Oh ! oui, — Eh bien !
dites-le, dites-le fort en me serrant bien,
— Oui vous êtes la plus belle cent fois,
mille fois,.. et la coquette se pâmait
d'aise à l'audition de ces louanges em-

brasées, proférées d'une voix oppressée.

A ce moment la pendule sonna trois heures.

. . . .

— Non, nous avons encore le temps, monsieur ; je ne suis pas lasse encore ; j'éprouve du plaisir ainsi, si vous, vous êtes impatient d'autre chose, moi j'exige cette caresse indéfiniment prolongée du compliment formulé ainsi. Tout au plus vous permettrai-je, pour vous en distraire, de me donner quelques baisers derrière l'oreille ; j'y ai la peau particulièrement délicate et sensible. — Oui,.... ainsi, encore, encore ; quand vous en serez fatigué, vous me les donnerez de l'autre côté. Elle exigea de lui mille autres importantes démonstrations passionnelles. Tantôt les baisers étaient furtifs

et frôlaient l'épiderme par de papillon-
nants contacts, tantôt ils se posaient sur
un point et sa succion répétée ou prolongée au même endroit, arrivait par
l'exaspération de la sentation à faire
confiner la volupté à la douleur.

Et il allait au gré de son caprice, in-
ventant par moments d'étranges modes
de caresses qui les faisaient frissonner
jusqu'aux moelles. L'impérieuse beauté,
malgré les adjurations du jeune homme
voulut ajourner ce qu'il souhaitait fié-
vreusement sans l'avouer ouvertement,
car elle craignait un ralentissement d'ardeur après qu'il aurait obtenu satisfaction.

Les bougies se consumaient lentement dans les candélabres et l'aube com-
mençait à poindre que les deux amants

en étaient arrivés à oublier tout. L'espace n'existait plus pour eux car ils ne
faisaient qu'un, et le temps pas davantage, car chaque seconde leur donnait
une telle intensité de sensation que les
vibrations dans leur être en étaient infinies. Quand vint le moment où ils ne
pensèrent plus strictement à eux-mêmes,
quand ils s'éveillèrent du bonheur enfin, elle le menaça gentiment du doigt.
— Sachez dorénavant, Monsieur, qu'il
n'y a pas de plus grave injure à faire à
une jolie femme que d'évoquer l'image
d'une autre beauté possible. — La beauté
entend être seule, et la femme dans son
orgueil, qui est la conscience de sa puissance, n'entend pas que son propre sanc-
tuaire puisse jamais avoir de succursale.

❊❉❊

La Panthère de M. Strong

A. Gustave Kahn.

C'était la seconde fois que je les revoyais ces danses d'Extrême-Orient. J'étais un des plus assidus au Kampong Javanais de l'Exposition de 1889. J'avais été un des fanatiques idolâtres. — N'étaient-ce pas quatre petites idoles que Sariem, Wakiem, Taminah et Sækia ? Cela, dès les premiers jours, avant qu'on eût appris à Wakiem les ineptes refrains des chansons en vogue, et qu'un prêtre de passage, voyageant pour la Maison Céleste, n'eût pris possession, au nom de l'Eglise, de sa poitrine enfantine en y accrochant une médaille bénie ; avant qu'un ouvrier gouailleur n'eût donné des sous à Taminah pour crier : « *Vive Boulanger !* » avant que les costumes primitifs de la danse ne se modifiassent peu à peu, et ne devinssent les accoutrements des derniers jours ; avant enfin, qu'avec la contagion de la blague des foules se gagnât la toux perfide ·de la fin pluvieuse d'octobre.

En ce temps-là, je voyais cette danse hiératique, d'un rythme très lent, avec les poses onctueuses et félines de ces quatre petits êtres graves, au masque céruléen. Les mouvements étranges des bras cassés au coude, qui pointaient vers le corps, cette tension inusitée des mains avec ce retroussement frisé des doigts, qui m'avait toujours frappé dans les bas-reliefs sculptés de plusieurs monuments khmers, vieux de plusieurs siècles, de la pagode d'Angkor entre autres, je les revoyais devant moi ; les scènes d'autrefois, se reproduisant incessamment avec une magnétisante continuité, sans un éclair de l'œil, sans un frémissement de bouche. C'était une cérémonie sacrée, d'une tradition antique qu'on sentait immuable dans son enseignement, et incarnant la foi et le génie d'une race. Cette vision charmeuse vous infusait peu à peu la torpeur des régions lointaines où la chaleur accablante exerce son action déprimante, et tandis que dans le *gamelang*, le *rebab* ac-

compagné du son plus clair du *selom-
pret* que soutient le bruit sourd ou re-
tentissant du *bedong* instillait en moi
lentement son inexprimable harmonie,
l'attrait des pays tropicaux s'infiltrait
dans mon être, et, jusqu'au soir à l'heure
du coucher, l'étirement lent des petites
bayàdères malaises continuait devant
mes yeux hypnotisés, tandis qu'à mon
oreille vibrait encore la si obsédante
musique. Et la nuit, après le roulement
sourd des *tarboukahs* algériens, moins
bruyants que la *noubah* des turcos, plus
lointaines que tout, s'égrenaient étran-
gement perceptibles et douloureusement
mélancoliques, les notes aiguës des
anklounçs javanais.

Aussitôt que j'ai su qu'une troupe
birmane était de passage à Paris, je me

suis avec joie mêlée à elle. J'ai regardé peindre très soigneusement l'éventailliste, suivi avec curiosité le travail de l'orfèvre, observé la façon dont deux des femmes broyaient le bois odorant de *tanaka* pour s'en couvrir le visage, mais danse et théâtre, c'est ceci qui m'intéressait le plus. Or elles étaient quatre femmes accroupies à égale distance sur une même ligne, tenant le mouchoir plié en éventail de la main gauche, et restant là, inertes, la tête droite, les yeux fixés en face d'elles, les bras tendus, le coude du bras gauche saillant en dedans. La musique, commencée très doucement, était capricieuse et monotone à la fois. On percevait le xilophone, le fifre et les gongs. Peu à peu les quatre statues se sont animées, elles se

lèvent successivement, ayant l'attitude
du réveil dans la torpeur et les corps
ondulent debout dans des contorsions
lentes. Les reins et les cuisses sont très
resserrés dans la jupe bien tendue. Les
hanches peu développées saillissent à
peine. Sous la jupe élargie dans le bas
qui traîne sous le sol, le jeu des pieds
qui frôlent la terre silencieusement est
d'une allure pataude. Lentement encore
elles tournent sur elles-mêmes, un moment elles sont dos à dos et, le corps
cambré, les bras rejetés en arrière, secouant éperdument de la main le fou-
lard flottant, elles s'étirent et s'affaissent
successivement avec des torsions d'une
expression ambiguë pouvant être aussi
bien les affreuses douleurs d'un mal
mystérieux, qu'un spasme avant-cou-

reur d'une volupté prochaine, et cela dure encore et encore avec des flexions toujours lentes, énervant le regard et dégageant une impression d'irrésistible engourdissement. Cette danse s'appelle, je crois, *yodiar* ; une autre qui est d'un caractère un peu lascif se nomme *yein*, c'est un ballet composé d'hommes et de femmes.

Une seconde fois j'ai vu la plus petite fille âgée de seize ans Mah-Tha, accoutrée comme une enfant en bas âge encore em-maillotée, et tortillant ses reins délicats, exagérant le grotesque des poses, l'im-prévu des attitudes, s'écrasant par mo-ment en pliant les genoux et se redressant ensuite en levant alternativement l'une et l'autre jambe ; cela à la grande hila-rité du public : je restais à observer la placidité constante de tous ces indigènes jetés dans une foule parisienne ; je constatais leur absolu détachement de toutes choses en face de notre suractivité occidentale, m'amusant de les voir regarder muets l'incessant défilé de sfilles galantes empanachées. Deux hommes presque nus parurent sur la scène. Après quelques passes de boules, l'un d'eux se déroba, et alors je vis un étonnant spécimen de jonglerie orientale. Cet homme, dédaignant de se servir de ses mains, prenait la boule d'or de ses pieds, la lançait, la rattrapait, la rejetait encore, mais tantôt de la jambe gauche, tantôt de la droite, la recevant sur une épaule d'où, par une imperceptible secousse, il l'entraînait sur l'autre et, la laissant tomber comme involontai-

rement, il la réssaisissait entre le pouce
et les orteils, et, la rejetant très haut, il
la recevait encore sur le talon dont un
coup sec la renvoyait, tandis qu'après
un mouvement de dégagement circulaire
de la jambe, il l'étreignait toujours aux
applaudissements d'un public cependant
blasé. Et, après un coup brillant, l'équilibriste partait l'échine souple, l'épaule
basse, la tête inclinée ; et, comme de la
coulisse on le renvoyait, il reparaissait
très humble, les mains jointes dans une
expression d'humilité profonde. Et c'é-
tait drôle cette candeur après cette sur-
prenante adresse.

.Après, ce fut le tour des marionnettes
où, sous la projection de la lumière élec-
trique, les pantins, éclatants de pail-
lettes, dansaient en reproduisant, sous

les mains habiles qui tenaient les fils, les contorsions des ballerines déjà vues. Les ficelles qui rattachaient les têtes et les membres étaient si bien tirées à point que la mimique était une reproduction exacte de la réalité. Mignonne parodie où apparurent, au grand effroi des fanto-ches pantelants, des chevaux aux pattes démesurées, un éléphant à la trompe articulée donnant des mouvements de souplesse extrême. Ce qui me paraît ca-ractériser ces pantins, c'est de voir le souci qu'ils ont eu de reproduire le jeu des articulations et des mouvements ondulatoires. A un moment donné, un tigre effrayant bondit des jungles, et terrorise les personnages qui flageolent sur leurs jambes. Un d'eux fut la proie de la bête qui se jeta dessus pour le dévorer pendant que la musique, qui se contentait jusque-là d'accompagner supportablement l'action, se mit à produire le plus discordant charivari qui se pût entendre et qui dura jusqu'à la disparition complète des marionnettes, c'est-à-dire la fin du spectacle.

Peuple enfant pour nous, mais dont l'ardente poésie supplée à l'absence du décor, et qui a suffisamment d'imagination en lui pour grandir démesurément l'exiguïté des pantins bariolés, et les hausser à la taille fantastique des héros légendaires de sa race et de son histoire.

Comme je tenais à prendre quelques croquis des types d'indigènes exposés, je demandai à voir le directeur de la troupe, M. Strong me fut présenté.

C'était un Anglais de haute stature, soli-
dement constitué, au visage glabre, dont
l'œil bleu avait un charme vague de
rêverie, tandis que le développement du
maxillaire inférieur dénotait la résolu-
tion et la ténacité. Il parlait le français
avec quelque difficulté, mais se faisait
comprendre assez bien néanmoins
Il me donna toutes les facilités pour
travailler, à la condition que ce serait
en dehors des heures de représentation,
parce qu'à ce moment sa troupe devait
être toute au public. Je profitai à plusieurs reprises de son autorisation et
j'étudiais notamment la petite personnalité de Mah-Tha qui m'intéressait particulièrement. Ces aquarelles et ces croquis prirent place dans mes cartons pour
ma satisfaction personnelle, comme

bien d'autres, et ne furent jamais exposés.

L'année dernière je passais à Vienne pour la seconde fois avant d'aller faire une tournée en Hongrie. Trois jours s'étaient déjà écoulés à parcourir les rues, à visiter de nouveau les monuments et à revoir les musées que je connaissais déjà. Je tenais surtout à refaire une visite à l'*Albertina* pour la magnifique, et si justement célèbre collection de dessins et de gravures que l'archiduc Albert avait rassemblée dans son palais. Des heures s'écoulèrent devant les œuvres d'Albert Dürer et de Rembrandt. Puis, j'avais tenu à faire de nouveau l'ascension de la Tour du sud de la Cathédrale, pour me remémorer, en le découvrant, l'ensemble de la ville et le pano-

rama des environs. La flânerie, la douce
flânerie m'avait gagné ; j'errais de droite
et de gauche sur le Ring, buvant dans
les maisons les plus recommandables
ce délicieux café à la crème fouettée,
qu'on ne prenait alors vraiment bon que
là. Les magasins du Graben m'avaient
vu et revu aussi, passant selon ma
fantaisie, savourant mon cigare et suivant sa fumée pour me guider comme
firent jadis les Hébreux dans le désert.
En marchant ainsi au gré de mon caprice, ou plutôt de mon cigare, je finis
par arriver au Prater. La Haupt-allée
pleine d'équipages, de cavaliers et de
promeneurs me conduisit au Thiergar-
ten. J'y revis d'intéressants spécimens
d'animaux, de gros volatiles carnassiers.
Condors, aigles, vautours notamment,

sont très intelligemment installés dans un immense espace entouré d'un treillage métallique à très grandes mailles, par conséquent invisibles à distance, et au travers duquel on peut étudier le vol des oiseaux dans un décor peint.

La toile de fond représente le sommet de hautes montagnes neigeuses. Les fientes accumulées des pensionnaires accentuent la matérialité des sites dont la figuration est ingénieuse

Je revenais en suivant les allées bien tracées, quand mon attention fut attirée par des taches de couleurs vives qui se distinguaient par endroits à travers les arbustes. Peu à peu en avançant, je démêlai des groupes d'hommes et de femmes au teint fortement basané. C'était des Asiatiques, je les reconnus aisé-

ment : les uns portaient des fardeaux;
d'autres épluchaient des légumes ; certains étaient occupés à tresser des corbeilles, à travailler le métal, à jouer de différents instruments de musique.

J'aperçus encore deux ou trois mignonnes danseuses exotiques... c'était celles des Folies-Bergère. Ce fut une joie pour moi de les revoir, je passai en revue toute la petite colonie et je demandai à un des gardiens où se trouvait le « *manager* ». — Monsieur Strong doit être au pavillon du restaurant en ce moment car c'est l'heure de son déjeuner. Suivez cette allée et vous y arriverez de suite. En effet, je reconnus immédiatement mon Anglais de Paris, sous un grand chapeau de panama, assis à une table où s'étalait encore le dessert, et fu-

mant un énorme cigare. Une jeune
femme lui faisait face. Sa vue me frappa
de suite, très brune, l'œil vif, les lèvres
très rouges, d'un grand éclat de teint,
fine de taille, élégamment, vêtue d'une
robe de cachemir bleu, bien taillée ; très
séduisante enfin. Quand j'arrivai près
de M. Strong pour relier connaissance,
il me reconnut aussitôt et m'offrit un
havane en me priant de prendre place
à sa table. Néanmoins, j'avais deviné à
certains indices qu'une discussion assez
vive devait avoir eu lieu avant mon arrivée. Il y avait une grande animation
dans les regards échangés ; la voix de
l'homme me parut un peu rauque, sa
compagne avaient les joues très avivées,
et une certaine nervosité se percevait
dans le jeu de ses doigts qui s'agitaient

convulsivement sur la nappe. Je demandai à M. Strong des nouvelles de
sa troupe et de Mah-Tha en particulier.
Il m'apprit qu'elle était morte depuis
près d'un an de la fièvre typhoïde ; j'en
fus un peu affligé. L'équilibriste était
encore là et l'escamoteur et le montreur
de marionnettes. Tous devaient rester à
Vienne près de deux mois encore. Comme
notre causerie promettait de durer
quelque temps, la jeune femme se leva
après m'avoir considéré longuement.
Elle se dirigea vers le pavillon qui était
derrière, à six pas de nous. Elle gravit
légèrement les marches et entra.

Aussitôt qu'elle eut disparu, M. Strong
jeta un coup d'œil dans la direction
qu'elle avait prise et, ne la voyant plus,
il se pencha vers moi et confidentielle-

ment, avec un accent britannique très
prononcé que je ne puis rendre, il me dit
brusquement : — Vous la trouvez jolie,
n'est-ce pas ? — Oui, certainement. —
Eh bien ? cette femme c'est un Satan femelle, c'est un démon. — Comment
cela ? et avec une colère mal contenue
où l'accent se trahissait comiquement
malgré tout. — Oui, elle paraît jolie,
douce, mais la vie avec cette créature est
un enfer ; elle est coquette, souriante à
tous, faisant toujours de l'œil autour
d'elle, et, quand je le lui reproche, elle
m'insulte, me traite de grosse bête, de
brute.... Elle excite ma jalousie à toute
heure de la journée... Je voudrais l'en-
fermer comme une bête malfaisante,
mais elle s'envole malgré tout, me me-
nace de me quitter si je recommence et

alors, je cède malgré tout encore.....
Quand je pense que j'ai tant voyagé, que
j'ai fait plusieurs fois le tour du monde,
libre de toute entrave, que j'ai pénétré
au fond des forêts de l'Inde, me moquant
des tigres et de la morsure du cobra ve-
nimeux ; que je suis allé dans les régions
encore inexplorées de Bornéo, que j'ai
affronté les Daïaks, cette race d'hommes
indomptable, que rien ne m'a fait trem-
bler, et que je cède toujours à cette petite créature que je briserais dans mes
mains comme une allumette. Sa colère
alors était arrivée peu à peu à un tel dia-
pason, que sa voix s'était élevée au risque
d'être entendue de tous les passants et
que ses mains cherchaient à satisfaire
un besoin de destruction. — Tenez,
voyez-vous ce que j'ai à la figure ? c'est

une égratignure qu'elle m'a encore faite.
A ce moment, quelque chose attira mon
regard de côté, c'était la jeune femme
maudite, qui me faisait signe de la pièce
du pavillon où elle se trouvait, en agi-
tant son mouchoir. Elle s'efforçait de me
faire comprendre, par gestes, qu'elle entendait son ami parlant d'elle, qu'elle était
heureuse de sa rage et riant d'aise, elle sau-
tait sur place, lui tirant la langue comme
une folle petite pensionnaire, et je réflé-
chissais que bien que la scène se passât
derrière le dos de M. Strong, il suffisait
à celui-ci de faire un brusque mouvement en tournant la tête pour voir le
manège. Et, congestionné par la colère,
il continua. — Oui, je ne sais comment
il se peut que cette petite garce de Parisienne m'ait changé ainsi ; je ne me

reconnais plus. Je satisfais tous ses caprices ; vous voyez les bijoux qu'elle porte, je ne lui refuse rien. C'est monstrueux qu'elle soit comme ça avec moi, je devrais la cravacher comme les dompteurs battent leurs bêtes. Je suis lâche avec elle. Peu à peu sa voix baissa, un attendrissement s'infiltra peu à peu dans son courroux, sa voix devint plus sourde et, tout en continuant ses récriminations, je soupçonnai qu'un sanglot lui montait à la gorge. Et je vis à cet instant la jolie petite Mme Strong trépigner de satisfaction, exulter de joie.

M. Strong, accablé, tenait alors sa forte tête dans ses mains musclées, dont les nerfs frémissaient encore sous le coup de l'ébranlement récent. Je constatais curieusement le subit accablement de cet homme puissant, tandis que la cause du mal s'ébattait si malicieusement à quelques pas de lui. Je me trouvais ainsi entre deux êtres tirant des déductions infinies, philosophant à tête perdue en lançant allègrement et très loin des bouffées de fumée, et quelques instants après d'amers aphorismes me venaient à l'esprit en buvant mon café noir.

Un indigène vint vers M. Strong pour lui dire quelques mots et demander des ordres. Celui-ci releva la tête, encore meurtrie par la trace des doigts qui la comprimaient, et répondit laconiquement en anglais qu'il allait venir. Il se releva brusquement, s'excusa auprès de moi de me laisser seul alléguant qu'il était une heure et demie, qu'il lui fallait être là pour régler la représentation de l'après midi. Et tandis que je le voyais de loin, entrer successivement dans toutes les cases pour en faire sortir les locataires, de façon à ce que pas un ne se dérobât à l'exhibition pour le cortège qui allait se former, Mᵐᵉ Strong vint à moi toute souriante, l'œil étincelant, les joues et les lèvres fortement rosées, comme fouettées par une joie récente. — Eh bien ! il a dû vous en dire sur moi, hein ! depuis que je suis partie. Oh ! je l'ai bien vu sinon parfaitement entendu. — Il a l'air de bien vous aimer, risquai-je — Trop, répondit-elle vivement : je ne suis pas assez libre ; il voudrait faire de moi une esclave et je ne veux pas l'être. Il est habitué peut-être à des femmes orientales, purement passives. Je suis une Parisienne, tout est là. Il ne me refuse rien.

Continuellement ce sont des cadeaux ;
il ne marchande pas sur mes toilettes, je
le reconnais, mais pour moi, ce n'est pas
tout : je veux ma liberté : et je le quit-
terai une bonne fois. Je l'en ai menacé
à plusieurs reprises, il en a pâli et est de-
venu doux comme un agneau ; mais je
commence à avoir assez de ces scènes
continuelles...

Elle vint s'asseoir à mon côté en me
disant. — Vous êtes Français ? J'ai été
ravi de vous voir ce matin ; un compatriote, quelle joie !. Dites-moi ce qu'on
dit et ce qu'on fait à Paris en ce moment ;
quelles sont les pièces qu'on joue, la
forme des chapeaux que l'on porte, le
dernier potin du jour, dites, dites vite..
Je satisfis aisément sa curiosité sur tous
ces points. — Oh ! il me semble qu'il y

a bien longtemps que je n'ai pas vu le boulevard, et elle resta rêveuse délicieusement, avec un adoucissement des yeux que je contemplais. Elle prit une cigarette de dubèque dans un étui, et, après l'avoir allumée, elle rejeta une, deux, trois bouffées de fumée où des ronds se formaient et s'agrandissaient semblables à son désir, à ses caprices comme si, venant du fond d'elle-même, les volutes eussent révélé l'expression graphique de ses secrètes pensées. Après une longue pause, elle reprit. — Quand il va revenir il sera urieux de voir que nous sommes restés ensemble, mais il ne voudra pas en avoir l'air devant vous ; alors moi, j'en aurai le contre-coup... Je m'en fiche, tant mieux ! Comme je me levais pour n'être pas la cause d'une scène prochaine, — Mais non, restez donc ; vous me tenez compagnie en galant homme que vous êtes ; je lui dirai que c'est moi qui vous ai dit de vous rasseoir. Ne vous souciez de rien. Parlez-moi encore de Paris, encore, toujours. Quelle est la femme à la mode en ce moment, racontez-moi le dernier scandale mondain... avec tous ses détails. Allez, allez, et prenez un autre cigare ; celui-ci agonise.

Je n'avais rien à faire de mieux, c'est-à-dire de plus agréable pour moi que de parler français avec une jolie compatriote et que de correspondre de l'œil aussi. Hélas ! quand nous eûmes ainsi conversé pendant une demi-heure ou trois quarts d'heure, elle me dit interrogativement. — En partant d'ici, vous retournez à Paris. — Non, je vais en Transylva-

nie. — Ah ! c'est dommage — Pourquoi ? — Parce que, parce que... non
pour rien ; tant pis, j'avais eu un moment d'espoir, il est envolé, n'en par-
lons plus... Nous aperçûmes M. Strong
revenant de sa tournée et accélérant le pas.
Sa compagne lui dit aussitôt : « Monsieur, par discrétion voulait se retirer,
mais j'ai insisté pour qu'il ne me laissât
pas seule ; comme Français, il s'est
soumis à cette règle de galanterie, n'en
prenez donc aucun ombrage. L'Anglais
me parut d'abord un peu embarrassé,
mais reprit le dessus. — Vous avez très
bien fait, monsieur, et je vous en re-
mercie, mais je tenais à vous dire que
dans le cas où, comme artiste, les exercices de ma troupe vous intéresseraient,
ils vont commencer dans quelques mi-

nutes au milieu du grand espace réservé là-bas. Madame est trop habituée à cela pour y trouver encore de l'intérêt, mais j'espère que vous y goûterez du plaisir, d'après ce que vous m'avez dit là-dessus déjà à Paris. »

Je me levai, et me rendis au lieu du spectacle qui fut assez varié. Escamotage, exercices de corps, adresse et force. Il y avait un charmeur de serpents que je me rappelai fort bien. Les danseuses, dont j'avais conservé le souvenir dans les ballets d'ensemble, étaient toutes là sauf Mah-Tha, et cette petite créature disparue me sembla faire un grand vide. Des bateleurs reprenaient leurs tours variés, sautaient avec des perches et passaient sur des cordes. Cette fois, tous les exercices se faisaient en plein air. Les

accoutrements bariolés étaient plus en
harmonie dans le soleil tranchant sur le
ciel bleu, les colorations dorées des
visages et des corps étaient toujours
d'une harmonie riche dans ce décor de
bel après-midi de juillet. Je restai jusqu'au soir à me promener, croisant
à plusieurs reprises Mme Strong qui,
dans sa toilette élégante et claire, pa-
raissait songeuse. Son ombrelle lui pro-
jetait sur le visage une douce pénombre
qui ajoutait une nuance très délicate à
la coloration vive de son teint, et, cherchant à observer vis-à-vis d'elle une certaine discrétion sans la fuir, je ne vou-
lus pas provoquer une nouvelle intimité. Elle me parut comprendre ma
conduite à son égard, et nous ne fîmes
qu'échanger quelques phrases qui se

prolongeaient d'un sourire. Le lende-
main, après avoir serré la main une
dernière fois à M. Strong, je quittais
Vienne pour Budapest et je pensai souvent, dans la solitude du wagon, au
couple si bizarrement assorti. Je me
rappelais qu'en me promenant dans le
jardin zoologique avec le souvenir de la
jolie, gracieuse et perfide Mme Strong,
j'avais trouvé que les panthères aussi
avaient une jolie robe et se servaient
également très bien de leurs griffes.
J'avais contemplé longtemps une femelle
de chat-tigre dont les prunelles d'une
intensité profonde m'avaient hypno-
tisé, et je me demandais s'il ne serait
pas curieux et légitime, d'incarcérer aussi
parfois de trop belles créatures dans des
somptueuses cages d'or, pour leur cons-

tituer un cadre digne d'elles. Les
passants oisifs et généreux au lieu de
pain de seigle jetteraient à ces demoi-
selles des pierres fines ou des menues
perles à travers les barreaux pour les
amadouer et leur faire faire mille gen-
tillesses. Elles seraient tout-à-fait chattes
enamourées, déroulant le trésor des poses
lascives, quand un diamant tombe-
rait...

A la fin du mois dernier, un de mes
amis revenait de Londres et m'énumé-
rait les distractions qu'il y avait prises
pendant son séjour. Au nombre des
exhibitions qu'il avait vues, figurait l'exposition d'un village indien à Earl's Court.
D'après ce qu'il m'en dit, je reconnus
tout de suite la troupe de M. Strong. —
Tu as vu, lui demandai-je, celui qui est

le *manager* de ces indigènes? — Oui, plusieurs fois : nous avons même pris quelques pintes de pâle ale ensemble. — Ah ! comment est-il ? dis-je distraitement. — Oh ! c'est un bel homme, bien taillé, aimable parfois, mais assez inégal de caractère, toujours inquiet, comme préoccupé ; j'ai même remarqué qu'il avait le visage contusionné comme s'il lui était arrivé un accident récent, l'œil était encore noir de quelque coup reçu... — Il était avec une petite femme brune, jolie, élégante et vive. — Oui, comment le sais-tu ? — Je l'ai deviné.

Rupture

A Léon Fontaine

(Document d'Amour)

Après deux mois d'absence, elle revint
et lui offrit, très calme, ses lèvres à travers la voilette. Aussitôt après avoir
échangé le baiser, il se plaignit de ce
qu'elle n'eut pas pris soin de la relever
comme naguère. Elle ne répondit rien,
enleva son étole, son chapeau, ses gants,
et après s'être regardée longuement dans

la pysché empire, elle s'assit posément sur le divan. Lui, appréhendant un inconnu redoutable, se plaça à sa gauche et passa doucement son bras sous sa nuque.

Alors, sans le regarder, elle énonça lentement ses griefs, énumérant qu'il ne lui avait rien envoyé pendant son séjour à Cabourg, tandis que ses autres amis lui avaient adressé des fruits, des bonbons, des victuailles, des choses de toutes sortes enfin. Il lui répondit sur le même ton, froissé de l'injustice de la récrimination. — Mais, ma chère amie, je ne t'ai rien envoyé parce que, comme c'était convenu entre nous, j'attendais une invitation de toi d'un moment à l'autre pour aller te voir, et sois sûre que je n'aurais pas manqué d'apporter tout ce qui pouvait t'être agréable.... Sans paraître touchée de cette réponse, elle poursuivit : « Oh ! j'ai d'autres reproches à te faire ; tu m'as refusé une ombrelle un certain soir, je m'en souviens aussi, et prenant un ton sentencieux : Mon cher ami, rappelle-toi ceci, c'est qu'il faut toujours faire la cour à une femme, même quand on la connaît depuis des années, parce que d'autres surviennent, ont des attentions pour elle auxquelles elle est sensible, elle réfléchit, fait des comparaisons, et peu à peu le sentiment qu'elle avait pour vous en est altéré. Tu n'es plus pour moi comme tu étais autrefois, je m'en aperçois bien. De plus, rappelle-toi que tu m'as dit un soir de prendre un autre amant. C'est fait ; je t'en avertis. Je ne t'en veux pas, mais je te l'avoue franchement. J'espère que celui-là comprendra mieux que toi la délicatesse de sentiments qu'on doit à une femme qu'on dit aimer... Tu n'as rien fait pour moi .. Lui, attéré, resta muet quelques instants devant cette déclaration.— Comment! je n'ai rien fait pour toi, mais, ma petite amie, et il lui énuméra différentes choses qu'il pensa favorables à sa cause. Elle, ne pouvant les nier. — Et puis, une mauvaise habitude que tu as, et qui m'agace, c'est de me faire valoir ce que tu as fait. Lui, irrité sourdement de cette mauvaise fois féminine, fort courante, de lui reprocher de ne rien faire et de lui reprocher ensuite de prouver qu'il avait fait quelque chose, se défendit avec véhémence d'abord, puis, peu à peu, il éprouva une sensation douloureuse de froid au cœur, un sanglot lui monta à la gorge et ses paupières s'humectèrent. — Oh! chère mignonne, comment peux-tu parler ainsi ? Que c'est mal ! et, l'étreignant plus fortement de son bras droit, il approcha son visage du sien et de tout près, ses prunelles cherchant les siennes, il évoqua tous les beaux jours d'autrefois, les heures exquises et pénétrantes de l'intimité amoureuse dans des circonstances difficiles, les soirs tristes où tous deux fondaient en larmes dans l'affliction causée par la peine et les plaintes de sa bien-aimée. Il continua sans arrêt, lancée par le cœur, toute la série des échanges d'âmes faits entre eux certains jours, à la suite d'irrésistibles expansions. Et comme elle ne répondait pas, avec une brusquerie où la passion qui s'exaltait en lui, s'exaspérait de son silence, il écrasa ses lèvres trop muettes sous les siennes, tandis que les larmes descendaient entre leurs bouches et rendaient ses baisers amers.

— Comment peux-tu me dire cela comme ça, froidement ? Qui aurait cru après deux mois d'absence ? moi qui me faisait une fête de te revoir aujourd'hui, moi si gai pendant le déjeuner, qui m'étais complus à faire l'acquisition de tous ces fruits et douceurs exotiques pour parer la table et ravir tes yeux tandis que tu me ménageais cette déclaration inattendue. Que c'est mal, mon adorée ! Mais je n'ai jamais aimé que toi depuis six années. Je n'ai plus vingt-cinq ans ; à mon âge, le sentiment qu'on a pour une femme est sérieux, et moins on escompte avec présomption l'éternité de la passion, comme fait la jeunesse qui ne réalise jamais, puisque la vie lui paraît illimitée, plus on a la volonté de tenir ses engagements, en sentant avec un frisson son temps bientôt limité et le déclin prochain peut-être...

Il continua ainsi longtemps, les phrases succédant aux phrases, charriant des souvenirs déjà lointains, amenant parfois des détails tantôt tristes tantôt plaisants, donnant des inflexions de voix douces et câlines pour s'arrêter à certains moments et reprendre ensuite. C'était toute l'existence, la vie selon son cœur qu'il racontait ainsi bouche à bouche à la très chère, et cela coulait, jaillissait et rebondissait en cascades de mots où il y avait des trouvailles d'expressions parfois et des ingénuités aussi, puériles comme il y en a souvent dans les lamentations d'amour. Un moment, après avoir caressé son amie doucement de la main, il lui prit le lobe de l'oreille entre les dents et se mit à le mordiller délicatement d'abord, et puis un peu plus fort, disant pour expliquer son acte et couvrir ses plaintes — Oh! laisse-moi ce petit bout frais et velouté de ta chair rose ; si tu savais comme c'est doux à mes lèvres et tendre sous mes dents ; on dirait du rahat-lokoum. Après ces puériles fantaisies, ces mignardises si délicieuses entre amants, après ce flot d'éloquence intime il s'arrêta, car sa voix se voilait, comme ses yeux, et, lui prenant la tête dans les deux mains,

il la pétrit amoureusement, malmenant
la coiffure, blond édifice, et c'était de
l'amour, et c'était de la rage de voir ce
visage indéchiffrable où ne se trahissait
encore aucune émotion. — Que réponds-
tu à ce que je te dis ? — Rien. L'irri-
tation qui sourdait en lui monta; mais
il se contint par un effort d'énergie. Il
voulut fermer les yeux pour ne pas voir
l'impassibilité de la face de son amie, et
attendit silencieusement en lui-même ce
qui allait naître du tumulte de ses sentiments dans son cœur et son esprit dé_
semparé.

Un temps inappréciable s'écoula. Les
mains étaient restées à la même place,
comme ayant conscience de leur im-
puissance cette fois. Il s'était couché
sur son amie de façon à avoir sa poitrine

contre la sienne et afin de pouvoir percevoir là son émotion. Rien ne se produisit. Il se releva donc et reprit avec un calme apparent et d'une voix qu'il fut surpris d'entendre si claire : Ma chère amie, quelle que soit la détermination que tu aies prise ou que tu prennes, je ne te demanderai qu'une chose, c'est de ne jamais nous perdre de vue dans la vie. Peut-être as-tu besoin de changement, de curiosité nouvelle à satisfaire. Là seulement est la raison de la rupture que tu m'annonces : tout le reste n'est que prétextes et je n'en suis pas dupe.

Et leurs yeux se rencontrèrent échangeant un furtif éclair.

Turbulence Esthétique

~~~

Au commandant Dimitry d'Oznobichine

Nous étions réunis dans un local somptueux, invités par un hôte généreux et affable qui, l'esprit ouvert à tout, se complaisait dans les jouissances esthétiques, hospitalisant toujours de grand cœur, sous des formes diverses, l'art et la beauté. Ce soir-là on devait voir uniquement défiler une série de projections photographiques faites avec des clichés rapportés de voyage par un officier retraité.

Actrices, demi-mondaines, musiciens, peintres et sculpteurs étaient disséminés sur les divans et les fauteuils, causant, fumant et riant. C'était une de ces heures de répit où le soir paraît délectable comme le dessert de la journée. Tous nous étions vivement et justement intéressés par cette suite de paysages pittoresques, appréciant le choix des motifs et l'heureux parti que le photographe amateur avait su en tirer avec la variété infinie des effets.

A un moment donné un remous se produisit derrière moi. Dans l'obscurité les hommes se retournèrent distraits du spectacle. Une robe claire se distingua. Je reconnus à la voix Suzanne. Toujours turbulente, elle ne pouvait tenir en place. Elle allait dans le salon voisin prendre quelque chatterie et revenait la grigno-

tant, parlant à haute voix malgré le
silence général que rompait seul le
peintre joyeux, qui s'amusait à commen-
ter de plaisante façon chaque projection
d' photographies. Une demi-heure se
passa ainsi avec des rires, des applaudissements, des quolibets, qui s'entre-
croisaient ; enfin le spectacle prit fin.
Le gaz éclaira de nouveau et, après de
sincères félicitations au sujet des projections tant au maître de céans qu'à
l'officier photographe, on circula peu à
peu se distribuant des poignées de main
et des compliments. Cigares et cigarettes
s'allumèrent. On découvrit d'élégantes
jeunes femmes coquettement étalées et
accueillant volontiers les madrigaux ; les
éventails battaient, tantôt lentement tantôt plus vite, trahissant ostensiblement

l'émoi de chacune d'elles. Mais dans le
noyau des invités, une forme corporelle
serpentait, désagrégeant les groupes de
vieux amis en conversation intime, les
interlocuteurs intéressés et les semeurs de
malicieux potins. C'était encore Suzanne
revenant après avoir dit quelques mots
à voix basse mais très distincte, et en
s'esclaffant dans le cou d'un camarade.
Ayant pris au passage une très délicate
pâtisserie d'une main et un fruit confit
de l'autre, elle s'écria : « Il faut qu'je
r'mue. Tant pis s'il y en a auxquels ça
n'plaît pas ! » et elle marchait à grandes
enjambées, secouant sa jupe comme un
drapeau, et s'arrêtant brusquement par
une volte-face. Je vis bien que, pour elle
comme pour la plupart des modèles professionnels, sa toilette la gênait, sa robe et

son corsage lui brûlaient la peau, son corps exhalait sa hâte d'être à découvert, de respirer par tous ses pores, ses seins, gonflés, voulaient s'évader. Beaucoup de femmes blâment le peu de tenue des modèles, le manque d'ajustage du costume, l'avachissement des boutonnières, etc., mais leur état normal est la libération du vêtement : elles s'habituent à la nudité, elles y éprouvent du bien-être et redeviennent la femme des temps primitifs. Quand il faut se rhabiller pour aller déjeuner, c'est hâtivement qu'elles le font, sachant qu'une heure après il faudra redéboutonner corsage et bottines. A quoi sert de si bien tendre les lacets du corset puisqu'il va falloir le détacher ? Donc, entre femmes les coups d'œil s'échangent, s'observant impitoyablement. Les regards

sont chargés d'envie ou de moquerie —
et jamais on ne désarme. — Dans ce salon, de belles demi-mondaines donc,
vêtues d'élégantes robes de soirée très
ajustées, la gorge illuminée de brillants
avec des mouvements de tête lents et
étudiés, étaient parées comme de somptueuses châsses qui recèleraient des re-
liques, cœurs précieux ou inestimables
âmes. Suzanne voyait cela et en semblait
un peu irritée. Elle n'avait qu'une simple
robe blanche à raies, un chapeau frais,
pas davantage, mais, pleine d'orgueil
pour sa beauté corporelle, impatiente de
lutter avec ses dessous puisque les autres
étalaient si éblouissamment le dessus,
elle allait et revenait comme la panthère
en cage, faisant des sillons dans les
groupes et laissant derrière elle un capi-

teux arome de chair jeune et saine en fermentation d'amour. Les hommes, le cigare aux lèvres et la tasse de moka en main, étaient inconsciemment troublés dans leur causerie intime : la féminité rôdait trop. Et des regards s'allumèrent. Elle doit être joliment bien de corps, disait l'un — Oui, ça se devine, répondait-on — Et un tempérament d'amoureuse sans doute, disait un autre. Et sans entendre, mais se doutant, Suzanne répétait — Oh ! je ne peux pas rester en place ; il faut que je circule encore... et que je danse : et, une coupe de champagne en main, elle contorsionna ses reins en étendant son bras dans une attitude féline et lascive. Un cercle se forma autour d'elle.— Oh ! oui, dansez, mademoiselle ! — Quoi ? — Tout ce que vous voudrez. — Mais je ne demande que ça, mais où : il n'y a pas de place ici. Il me faut de la place, beaucoup de place. — Si ce n'est que cela, on va vous en faire, et l'on remplit de nouveau sa coupe. Elle prit une cigarette à bout doré, en para ses lèvres, et, après l'avoir allumée hâtivement, elle révéla, à ceux qui ne la connaissaient pas encore intimement, des charmes de souplesse infinie. L'éveil était donné. Dans le grand hall, les belles madames regardaient curieusement, mais en se dominant, pour voir ce que pouvait être cette étrange créature et dressant leur face-à-main, guettaient son retour devant elles. A ce moment Suzanne disait entre ses lèvres, (c'était comme un sifflement).— Mais ce ne sont pas des femmes qui sont là-bas, ce sont

des mannequins ! Comment peuvent-
elles rester ainsi immobiles. Elles ont de
belles toilettes, mais c'est l'œuvre des cou-
turières et des modistes.. Ce sont des pou-
pées et pas des femmes. Moi, je m'sens
très femme, j'ai du sang et des nerfs et
j'agis, je marche, je saute, je danse —
et... interrompis-je... — Oui, aussi,
comme vous le pensez ! reprit-elle aussitôt avec un sourire.

Voyant quel désir elle avait de se
manifester avec tous ses avantages, nous
lui conseillâmes de se dévêtir, de reprendre les accessoires qu'elle portait
au bal des Quat-z-Arts sur le char de
Salammbô et de s'adonner à la danse de
son caprice. Elle s'esquiva aussitôt,
mais pas assez vite pour dissimuler la
joie qui illumina son visage.

Les conversations particulières re-
prirent le dessus. Un petit modèle d'une
ingénuité déconcertante, assaisonnée de
malice, voulut chanter. Elle entama des
choses diverses, mais avec une discor-
dance telle, que certaines personnes qui
n'étaient point préparées s'en scandali-
sèrent, tandis que d'autres riaient jusqu'aux larmes. Il y eut de sa part dans
le récit d'un monologue, des témoi-
gnages de sentimentalité qui parurent
tordants, mais ceci n'était qu'un court
intermède. Les yeux des spectateurs
s'étaient portés au-dessus d'elle, sur la
galerie supérieure de l'atelier où, dominant les panoplies d'armes orientales,
sabres, casse-têtes, armures, qui bril-
laient dans la pénombre, par delà les
trophées et les étendards rapportés de

Mandchourie qui retombaient lourde-
ment, au milieu des tentures orientales
d'une harmonie riche et sombre, comme
s'il fut doué d'une lumière interne, un
corps de femme resplendit phosphores-
cent dans les étoffes qui l'entouraient.
Lentement elle enleva la dernière écharpe
de gaze qui la voilait, et se révéla impec-
cable de forme. Son visage sévère aux
lèvres minces et aux yeux énigmatiques
étaient encadré par deux bandeaux de
cheveux noirs qui confirmaient la sa-
gesse de son expression. Ainsi parée uniquement de joyaux, elle faisait penser
aux héroïnes de Gustave Moreau pour
la tête et aussi aux femmes de Chassé-
riau pour le corps. En la voyant on son-
geait à Salomé, à Judith, à Thamar, à
Dalila, à Hélène, à toutes ces patriciennes

de la beauté qui sont une constellation dans le ciel de l'art, et dont la hantise reste éternelle.

Les femmes d'en bas restèrent muettes, mais ne rien dire c'était acquiescer. Les hommes seuls se compromirent avec enthousiasme en vantant la splendeur corporelle. — Retournez-vous ! cria l'un deux. Elle obéit. -- Et de côté maintenant... Elle pivota légèrement. Il y eut un délectable moment de paganisme sain dans le grand hall. Un peintre risqua une observation. — Nous la voyons trop de dessous : le raccourcissement des jambes par la perspective est défectueux. Après un moment d'hésitation la belle créature se recouvrit et disparut.

Alors, il y eut une conversation active

entre les spectateurs. — C'est un très joli corps ! — Elle donne l'impression de la perfection, disait l'un — Et ses jambes, avez-vous vu ses jambes ? Elle sont d'une grâce merveilleuse, disait l'autre. — Eh bien ! et sa poitrine; vous ne dites rien de sa poitrine ?.. A ce moment elle réapparaissait au bas de l'escalier, soulevant la portière, telle une statue par l'aspect marmoréen de sa chair lumineuse. Elle fit lentement quelques pas, lança un coup d'œil circulaire, et comme le maître de la maison, excellent musicien, s'était mis au piano et préludait à des accords, elle vint se placer au centre de la pièce et commença à donner des ondulations de torse, le pianiste la vit et, comprenant qu'il lui fallait diriger et magnifier ce corps qui ne demandait qu'à frémir, il improvisa des variations sur un rythme oriental auxquelles le modèle adapta ses gestes. La jeune femme se promena d'abord gravement, balançant son torse de droite et de gauche et accentua la cambrure de ses reins lançant ses bras comme des tentacules. Elle décrivit un cercle pour qu'on pût la voir aisément de tous côtés, une très légère écharpe de gaze était seule retenue par deux de ses doigts et n'était là que pour ajouter à sa nudité la permanence d'un désir de révélation totale. Ce n'était rien et c'était suffisant pour dérober et souligner alternativement le mystère sexuel. Le rythme musical s'accentuait, la cadence peu à peu s'accélérait au fur et à mesure que la belle fille en s'échauffant* et s'exaltant

3 *

s'élançait par des bonds sur les tapis
d'Orient veloutés qui étouffaient le bruit
de ses pas, comme s'ils eussent voulu
retenir pour eux seuls l'attouchement
de ses pieds crispés. La femme se révé-
lait ainsi dans cette gymnastique désor-
donnée, allant au gré de son caprice
donnant des bras et des jambes de
droite et de gauche selon la cadence de
la musique, improvisant des arabesques
folles dans la sécurité de sa beauté sans
se soucier le moins du monde de ce
qu'il fallait faire ou ne pas montrer.
Elle était femme et belle de l'aveu de
tous, et elle montrait toute la femme à ses
semblables. Elle était jeune et elle con-
fessait ses ardeurs devant les hommes.
C'était ainsi l'animalité saine des temps
antiques qui s'ébattait devant nous et

la créature d'amour dont chaque attitude provoquait ou demandait un écho de son cœur et un baiser pour sa bouche. Dans l'atmosphère faite du parfum de chacune des femmes présentes et du tabac des cigarettes orientales, s'infiltra peu à peu l'arome capiteux que les hommes subirent et qui émanait de cassolettes mystérieuses. Son corps en fermentation passionnelle s'offrait à l'assistance immobile, mais quand elle s'arrêta enfin, manquant de souffle, pour reprendre haleine, nos regards seuls caressèrent sa chair luisante sous l'éclat des lustres qui en augmentait ainsi la phosphorescence.

Les Grains du Sablier

A Albert Lantoine.

> *Balzac regrettait le XVIIIe s.*
> *En pensant à Chamfort et à*
> *Rivarol, il disait qu'à cette*
> *époque on mettait un livre*
> *dans un bon mot, tandis qu'au-*
> *jourd'hui il était rare de trou-*
> *ver un bon mot dans un livre.*

❧ Aujourd'hui les moments sont précieux, je ne veux dire que l'essentiel. Tous se ruent aux affaires, aux plaisirs, à l'amour, à la mort. Je dis une phrase en passant, je jette un mot et c'est tout. « *Les morts vont vite !* » dit Bürger dans sa ballade, mais maintenant les vivants les rattrapent avec l'*auto*.

✿ Des esprits puritains s'offusqueront sans doute, de voir quelques pensées de chair mêlées à de hautaines envolées ou à des phrases amères, mais la femme n'est-elle pas tout le tremplin de l'infini dans la joie ou la douleur. Son sein excite le père en apaisant le nouveau-né ; ses hanches sont l'antre du mystère devant lequel, à l'inverse de la porte de l'Enfer de Dante, on sent germer toute espérance, et cela fait que la plupart des sensations et des sentiments d'ici-bas partent de la femme et y retournent. Pourquoi donc ne figurerait-

— 97 —

elle pas dans ces aphorismes dictés par la vie, comme un *leit-motiv* obsédant mais légitime, par la perpétuelle nostalgie que les sexes doivent avoir l'un de l'autre.

❧ Beaucoup d'artistes modernes, par peur ou par haine du joli, n'ayant pas la puissance d'atteindre au beau, tombent dans le laid, et s'y complaisent.

❧ Remarquer l'expression particulièrement séduisante de la bouche des jeunes filles anglaises dans la conversation. Leurs dents se découvrent souvent et rayonnent. N'est-ce pas le *yes* substitué au *oui* auquel nous sommes habitués qui leur donne ce charme particulier ?

❦ Comme l'oiseau vole dans l'air et le poisson nage dans l'eau, la femme s'ébat dans le mensonge.

❦ Pourquoi tant s'étonner de voir des femmes âgées et des vieillards s'éprendre d'adolescents ou de jeunes tendrons. Ils regrettent leur propre jeunesse et, ne pouvant la ressaisir, ils veulent avoir celle des autres.

❦ Je reviens encore tout ému des obsèques d'une jeune fille radieusement jolie décédée subitement. La jeunesse et la beauté ont une telle vertu, que, lorsque la mort les prend, celle-ci me semble, sur le moment, en avoir perdu son aspect d'épouvante. Il y a un si prodigieux rayonnement de la grâce féminine, qu'elle

se répand par delà le sépulcre et dissipe les ténèbres d'outre-tombe.

❦ Heureux celui qui peut parvenir
à trouver quelque charme douloureux
à la peine, car la vie en est inépui-
sable.

❦ Le progrès !... Mes quinze ans
s'indignèrent à la lecture des atrocités
commises au Mexique et au Pérou par
les Espagnols lors de la conquête de
l'Amérique. Aujourd'hui, je vois dans les
journaux les exactions dont se rendent
coupables au Congo les colons des
nations les plus *civilisées* pour faire
rendre aux indigènes, libres naguère,
la plus grande somme de travail possible
et leur faire payer le plus d'impôts.

Mon adolescence encore, dans les cours d'histoire, en suivant les procès de Calas, de Sirven, de Montbailly et de Lally-Tollendal, après l'émoi, se rassérénait, convaincue que de nos jours, avec les libertés de la presse, du droit de réunion, et dans le soi-disant état actuel de l'affranchissement des esprits, pareilles choses n'étaient plus possibles, et j'aurai vécu pendant l'affaire Dreyfus ! Voilà pour les masses. Quant aux individus, combien d'hommes ai-je vus qui commettaient maintes platitudes pour pouvoir satisfaire leur ambition au grand jour ? et de femmes qui, par coquetterie, pour pouvoir redresser bien haut leur tête parée, consentaient à coucher leur corps toujours sous le dernier surenchérisseur ? Pourquoi l'homme et la femme disent-ils sans cesse tant de mal l'un de l'autre ? Ils n'en ont pas le droit : ils se méritent.

❧ Notre oreille doit toujours se demander si les propos des hommes valent la peine d'être entendus et retenus, aussi affecte-t-elle la forme d'un point d'interrogation.

❧ Certains faits qui nous sont chers et que le temps distille dans l'alambic de notre cerveau, se spiritualisent pour devenir un cordial consolateur à l'arrière-saison de la vie.

❧ Il y a des gens qui se lavent de telle façon qu'ils vous dégoûteraient de la propreté. D'autres sont si désagréablement honnêtes qu'ils vous feraient fuir la vertu.

❦ Etre célèbre, c'est se faire montrer du doigt,... ce qui est impoli.

❦ Le Passé et l'Avenir se tiennent par la main, mais sans se regarder en face.

❦ Dans le monde on est plus apprécié pour l'esprit qu'on vous trouve que pour celui qu'on a.

❦ Il y a des phrases à la mode du jour et des pensées en tenue d'éternité.

❦ Toute ma vie j'ai eu la nostalgie du XVIIIe siècle, heure d'or de la grâce et de l'esprit, mais l'intimité fraternelle de Willette à elle seule m'en aura consolé.

❧ Dans le groupement, l'élite se rapproche de la foule : la valeur individuelle est diluée au bénéfice de la bêtise et des passions mauvaises qui se révèlent peu à peu, et dictent impérieusement l'injustice.

❧ Dans la vie, il faut s'attendre à tout et ne compter sur rien.

❧ Félicien Rops, après une sortie de Théodore Duret qui était venu le voir me dit : « Mon cher ami, je ne travaille seulement que pour une vingtaine d'amateurs comme lui, le reste m'est absolument indifférent.

❧ Quand un artiste écrit, ce n'est qu'accidentellement, poussé par un invincible besoin d'exprimer ce qu'il n'a pu formuler dans ses œuvres. Il n'aura alors ni le goût, ni le loisir de délayer en de longs textes ce qui frappe son esprit. Soyez sûr qu'il y aura dans un seul livre de lui plus qu'en dix volumes d'écrivains professionnels. Exemples : le livre de Bernard Palissy, les Mémoires de Benvenuto Cellini, etc.

❧ Pourquoi le Goût et l'Odorat ne sont-ils pas honorés comme la Vue et l'Ouïe? Rien de ce qui m'entre dans la tête par la porte des sens ne me semble à dédaigner. Les impressions subies sont importantes. Quand l'une d'elles coïncide avec les autres, je ressens un transport d'ivresse qui me fait sur le moment excuser la vie.

❧ Les pages des écrivains vivants c'est du plaisir parfois, de la joie, même de l'enthousiasme qu'elles provoquent en les lisant. Mais les livres des morts, c'est quelque chose de plus que tout cela et d'indéfinissable qu'ils vous font éprouver : ils semblent me parler de plus haut et de plus loin.

❧ Le recul n'est pas nécessaire qu'aux peintres et aux sculpteurs : retiré loin de Paris, comme l'on voit se rectifier peu à peu la mise au point de toutes choses ! Celles auxquelles on donnait une grande importance perdent leur valeur, d'autres qui paraissaient moindres, prennent un intérêt imprévu. En même temps on se recueille faisant des économies d'énergie, et on se reconquiert sur le monde.

❧ Gérard de Nerval a souffert de la nostalgie du passé. J'ai moi, la nostalgie de sa personnalité. Je ne m'en suis consolé qu'en fréquentant Villiers de l'Ile Adam avec lequel il avait des affinités : Tous deux avaient le décousu d'une vie trop tendue.

❧ L'ogive des cathédrales, ce sont les deux mains jointes pour la prière.

❧ La mort de l'amour donne l'amour de la mort.

❧ Comme j'avouais un jour la tristesse qui résultait en moi de l'admiration au passage de la beauté, quelqu'un insinua que cela provenait d'une convoitise non satisfaite. Non, trop simple esprit, il y a plus que cela : j'éprouve le même sentiment à la vue de toutes les splendeurs naturelles : Un glorieux coucher de soleil m'émeut profondément.

❧ Quelles redoutables caricaturistes les femmes pourraient faire avec leur observation du menu détail si elles avaient tout ce qui leur manque.

❧ En province la bonne chère est la seule joie permise ostensiblement. Prolongation des repas, alourdissement des facultés, rétrécissement du cercle dans lequel se meut la mentalité, défiance des pensées hardies. A Paris on est toujours sur la meule qui tourne sans cesse. On s'use, mais on conserve jusqu'à la fin l'acuité de la pointe.

❧ Oh ! les statues posthumes d'aujourd'hui. Les promoteurs des érections ne se servent des morts que comme marchepieds pour s'élever au-dessus des vivants.

❧ Le temps ne donne pas qu'à la peinture seulement ce ton chaud et ambré qui est comme la tenue d'entrée aux musées. Des faits dont j'ai été témoin ou dans lesquels j'ai joué un rôle dans la vie, ont pris de la valeur par leur éloignement. Un peu de la brume des ans leur a ajouté le charme des choses respectables ; c'est leur patine à elles.

❧ Quels que soient les bienfaits de l'association, je n'ai jamais une impression bien favorable de l'homme qui se vante d'être plusieurs.

❧ Que c'est ennuyeux un bavard, il vous empêche de parler.

❧ Si ça se pouvait, comme ça me semblerait délectable : Être un inconnu célèbre.

❧ L'os surnuméraire, selon Bossuet, avec lequel Dieu aurait fait la femme, créature pleine de duplicité, devait être une fausse côte.

❧ La jolie femme, c'est l'article réclame de son sexe. On trouve encore en maint endroit la grâce, le dévouement, l'amabilité et la constance, mais le preneur attiré d'abord par l'attrait plastique qui souvent ne résiste pas à un long usage, fait parfois une bonne affaire en choisissant ces derniers articles plus durables.

❧ Les femmes aiment les écrivains qui ont des noms à particules ; le plaisir qu'elles ont à les prononcer dure plus longtemps.

❧ Si vous voulez plaire dans le monde, surtout dans le monde politique, gardez-vous bien de laisser voir que vous avez une mémoire impitoyable ; il n'y est guère de faculté plus redoutée.

❧ L'ambition est une passion d'arrière-saison : Elle vient le plus souvent sur le tard. Elle est hygiénique, car elle se manifeste à point pour remplacer l'amour dangereux passé la cinquantaine.

🌸 Les attitudes et les gestes du chien sont bien souvent grotesques ou choquants. Jamais on ne fera porter à un chat dans sa gueule le fouet qui doit le frapper ; le chat n'est jamais ridicule.

🌸 Quand l'esprit fait la roue, le cœur fait la moue.

🌸 L'aplatissement de l'homme n'est jamais total devant la femme courtisée et convoitée ; la nature vient le secourir et relever son orgueil en détresse.

🌸 En art, je préfère la constatation de l'échec dans la recherche de l'inexploré

à l'obtention réalisée de la platitude et
du lieu commun.

❧ Les grands coloristes sont ceux qui
n'ont qu'une palette restreinte, mais
connaissent à fond les ressources infinies que donne le mélange de leurs couleurs. Les vrais écrivains ne sont pas non
plus ceux qui cherchent à éblouir par la
quantité des mots qu'ils emploient.

❧ Les idées quand on n'en fait rien,
vont dans la tête des autres.

❧ Quand l'artiste mâle ou femelle,
peintre, sculpteur ou musicien ne peut
pas vivre de son métier, il s'adonne au
professorat, et transmet à d'autres ce
qu'il ne sait pas.

❦ Chez beaucoup d'hommes, l'invocation de la morale sert à cacher leur incompréhension de la beauté.

❦ Les propos de salon qui avivent le plus les yeux des femmes, sont ceux qui ternissent davantage la réputation de leurs semblables.

❦ Combien de femmes payent de leur beauté le droit à la bêtise.

❦ La femme arrive par son corps, l'homme par son cerveau.

❦ Le Français est grand diseur de riens et preneur de tout.

❦ J'ai souvent été obsédé par l'idée des vêtements qu'il me faudrait encore user avant de mourir. En comptant la consommation moyenne de l'année, combien de bottines à éculer? Calcul joyeux à faire à vingt ans, qui se simplifie rapidement avec la vie, devient sérieux à quarante et mélancolique à soixante. Cet âge passé, combien de culottes encore à vivre? .....

❧ Il y a des femmes qui vous font voir le bout de leur pied sous la robe, comme si elles vous tiraient la langue.

❧ J'ai vu certains hommes dont la réputation était telle dans les salons, que les mondaines autour d'eux semblaient prises d'avance, comme ces petites grisettes qui se sentent déjà étourdies rien qu'à l'apparition d'une bouteille de champagne.

❧ Le sein de la femme est la coupole de son cœur.

❧ Durant son séjour dans la Flandre belge où l'on vit grassement, Willette, avec son inaltérable gaieté malicieuse, en se promenant où va le peuple, fut le levain dans la pâte ; il fit lever des yeux autour de lui dans la foule...

❧ Une femme dans la nécessité de fournir une explication sur sa conduite équivoque dans une certaine circonstance et prise au dépourvu, commence par dire — Oh ! c'est bien simple !... et le temps de prononcer ces quatre mots, lui a permis d'improviser toute une justification.

❧ Chez le peintre, le sculpteur ou le

musicien, l'œuvre est distincte de l'homme, chez l'acteur comme chez le chanteur, la personnalité est toujours en avant puisqu'elle incarne son travail et sa valeur, c'est ce qui les rend le plus souvent insupportables aux hommes ; mais les femmes sont précisément prises par là.

❦ Vers cinquante ans, si l'amour ne doit plus compter sur les séductions de la jeunesse, il donne du moins de l'esprit.

❦ J'ai vu souvent de mes contemporains s'attribuer des mots que j'avais entendus dans la bouche de disparus. Moi, j'aime mieux trousser les vivantes que de détrousser les morts.

❦ Pourquoi ne venez-vous pas davan-

tage dans le salon de madame de B***
où vous êtes si apprécié ? — Pour qu'on
y parle de moi.

🍂 Aujourd'hui pour se singulariser
en art, il ne faut faire qu'un seul tableau
et le refaire toute sa vie, — après
viennent gloire et fortune.

🍂 En art on n'arrive à égaler qu'en
différant.

🍂 Combien de bouderies ont dû
prendre fin dans le lit conjugal grâce
aux attraits corporels de la femme qui
lui permettent de faire des avances tout
en tournant le dos.

🍂 Il me plaît d'imaginer ce groupe à
la mode antique : Un faune saisit une

nymphe, la renverse, et tout en satis-
faisant son amoureuse ardeur, il prend
un pied de sa victime et le porte à sa
bouche : ses lèvres s'allongent et avec
un rire malicieux, narguant la jeune
femme qui crie et pleure, il feint de
jouer sur les orteils raidis, de la flûte de
Pan.

❧ Mistral a comme maîtresse sa chère
Provence et il la met dans ses meubles
(musée ethnographique d'Arles).

Je me rappelle une jeune fille arlé-
sienne vue aux arènes, délicate gramí-
née, fine fleur de ruine. Fichu gris tour-
terelle et bleu cendré, avec robe et ruban
de tête noirs.

Et les deux colonnes du théâtre antique, grises comme deux colombes

accouplées, se becquetant sous le ciel divinement bleu.

❧ Nîmes ville un peu délabrée par les grandes voies. Arles plus concentrée : On a tout sous la main — Sainte-Trophime, le Cloître, le Musée, les Arènes, le Théâtre, les Alyscamps, paraissaient à peu de distance. Les belles filles toutes proches marchent entre les décombres. Partout on peut toucher les ruines, les escalader et s'asseoir dessus sans aucune gêne. Tutoiement de la beauté. Le vent souffle violemment dans les jupes des femmes et révèle leurs formes. Le mistral aussi est un indicateur esthétique.

❧ En amour on ne donne pas les baisers, on les prête puisqu'on compte que l'autre vous les rendra.

❧ Je connais le cœur de la femme par corps.

❧ Autrefois, les artistes s'efforçaient d'apprendre avant d'être « originaux ». Aujourd'hui ils veulent se singulariser d'abord, le reste n'est pas absolument indispensable, pense la plupart d'entre eux. De là le souci et la prétention d'être « excessifs » dans n'importe quel genre pourvu qu'on le soit. L'art, d'après ces messieurs, doit être d'abord excessif sous peine de n'être pas. De là, aux expositions, ces exhibitions maladives de faiseurs agités, qui semblent tant vouloir attirer sur eux-mêmes l'attention des badauds, avec le geste et la couleur qui leur sert de fanfare, comme les forains qui luttent de bruit avec leurs confrères des baraques voisines, en vue de l'accaparement du public.

❀ Il ne manque pas de gens qui encouragent les artistes et les poètes à avoir un idéal, à aimer Dieu, la religion, la patrie, etc. leur recommandant d'avoir un souci d'au-delà, de ressentir le besoin d'une autre vie, entretenant chez eux une sorte de crampe d'estomac cérébrale. Comme il y a toujours des contemporains bien intentionnés pour leur offrir un apéritif, mais non pour leur payer le déjeuner.

❀ Notons une louable émulation sportive dans les deux sexes. L'homme toujours en quête de quotidiennes amours, fait du *sandow* avec son cœur, et la femme ment sans cesse pour entretenir la souplesse native de sa langue.

❧ Quelle vanneuse que la vie ! Toutes les illusions, chimères, s'envolent semblables aux frêles enveloppes du grain secoué. Chaque jour, chaque heure donne son choc, la sensation s'envole, et le vent de l'oubli passe emportant toute la poésie des choses, poussière d'or qui se perd dans l'azur du ciel où elle remonte inutilisable, mais où le regard du poète la suit, tandis que la matérialité des grains reste en bas pour la sécurité des fourmis.

❧ J'ai vu récemment une exposition de peintures d'enfants. Insouci des traditions, radieuse ignorance de toute technique, absence absolue de virtuosité et des préoccupations mercantiles, tout ce dont se réclament les artistes

d'avant-garde est réuni là. Par quelle
aberration certains arrivent-ils à préfé-
rer à l'enfant qui exécute suivant son
âge, l'homme qui le copie. Le salon de
la Société Nationale, le salon d'Automne
et celui des Indépendants n'ont qu'à
bien se tenir. Si l'on suivait leurs théo-
ries, ce serait là la vérité du moment.
Le salon d'Automne retarde ; j'ai vu
ainsi le vrai salon du Printemps. L'art
de l'enfant n'est-il pas celui de l'avenir.

❧ L'homme a un sens métaphysique
à satisfaire. Il lui faut une alimentation
cérébrale. Il y a pour cela des restau-
rants officiellement reconnus et paten-
tés. Le catholique aux plats délicats très
cuisinés; bonne cave. Le protestant pour
les estomacs sobres qui veulent un cou-

vert simplement mis, une table frugale, pensant que l'appétit n'a pas besoin d'être stimulé par des hors-d'œuvres qu'il considère comme inutiles et mauvais même pour la digestion. Le pain joue un grand rôle dans ces deux maisons ; celle-ci le sert naturel sous la rubrique calviniste, l'autre surnaturel, sous forme d'hostie.

Il y a encore le restaurant islamiste recommandable aux buveurs d'eau, le restaurant brahmanique où le service est fort bien fait, les bras ne manquant pas pour octroyer des douceurs. Il y a encore le bouddhiste où se fournissent beaucoup de végétariens, etc. etc. Ces différentes clientèles se traitent réciproquement d'empoisonnées. Toutes ces maisons sont fondées pour ceux qui par paresse ou par routine se contentent de la cuisine toute faite. Les autres humains, gourmets ou hygiénistes scrupuleux qui se méfient de la fraude et de la sophistication des ingrédients, préfèrent préparer leurs plats eux-mêmes, selon leur recette individuelle, et se pourlèchent philosophiquement les méninges en attendant, comme les autres, la digestion finale : la mort.

❧ Pourquoi certains ambitionnent-ils tant les honneurs ? Cela ne peut augmenter votre valeur sociale qu'aux yeux des gens qui ont besoin de ces signes extérieurs pour guider leur goût et fixer leur admiration. Cela vaut-il ?...

❧ Les seins qu'on dit être de marbre, sont certes beaux à l'œil, mais au toucher ceux qui sont simplement de chair, un peu plus souples sous. le doigt, moins frigides, hospitalisant la caresse, peuvent paraître préférables parfois pour le raffiné d'amour qui veut y infiltrer du sentiment. Les premiers sont trop orgueilleux de leur maintien pour compatir à l'émoi de l'amant, les seconds en s'éloignant en peu moins du cœur se laissent peut-être plus facilement imprégner de passion.

♣ Il faut aguerrir l'âme comme le corps. J'accoutume la mienne à l'idée du douloureux et impitoyable déclin des choses et au néant, comme j'habitue mes membres aux rigueurs du froid.

♣ Les hommes arrivés ne se plaisent à fréquenter en général que des gens qu'ils croient dignes d'eux, parce qu'ils ont obtenu honneurs et fortune. Ils se sentent mal à l'aise dans la société de ceux qui restent libérés de toute attache, et refusent toute compromission pour conquérir des grades dans l'étiage social.

❧ Pensée d'un Peintre — Quel heureux âge que celui de l'enfant! n'importe où il va, il est toujours, par sa taille, à la cimaise.

❧ Je suis contre la femme souvent, mais j'en profite pour l'embrasser.

❧ Ce que les amants entrelacés font de mieux, c'est de rester muets. Ils ne se disent rien, mais ils pensent en même temps. S'ils parlaient tous les deux à la fois, ils ne s'entendraient pas, tandis qu'en se taisant, ils se comprennent toujours.

❧ La mentalité des hautes classes, laissait déjà à désirer sous le rapport de l'esprit d'investigation et de réflexion. La superficialité en toutes choses était leur caractéristique. L'engouement pour la mode des transports rapides, la passion de l'automobilisme qui permet de feuilleter vivement les décors de paysage et de parcourir seulement le livre de la nature, est absolument symbolique.

L'impertinente vacuité de leur tête se constate toujours. Celle-ci passe partout et ne retient rien.

Elles appréhendent le travail cérébral : la contention de l'esprit fatigue les hommes, et accentue fâcheusement par le froncement des sourcils, les rides des femmes, qui doivent avant tout sauvegarder leur beauté. La sérénité du manque d'effort est leur état permanent. Leur visage à la peau tendre est la feuille blanche sur laquelle rien ne s'écrit jamais.

On leur a transmis les connaissances scientifiques comme la civilité, ils se gardent bien d'y ajouter la moindre chose ; leur individualité est la gloire de l'anonymat. Tous répètent le même dogme, le même geste, le même mot d'ordre. Tous sont des échos, aucun n'est jamais une voix. Aussi rien de plaisant comme leur peur de l'idée neuve, leur terreur de l'audace, leur défiance de la découverte. Ils croient compenser le manque de lumière de leur cerveau par l'éclat de leur chapeau de soie aux huit reflets.

🏵 Pour qu'elle soit complète, une bonne pensée doit partir du cœur, et, en passant par le cerveau, s'enjoliver d'originalité.

Minutes d'Automne

~

A Mademoiselle Elsy.

Mark se rappelle le délicieux après-midi passé à Versailles avec Sylvie. Quelle pénétration de sentiment ressentie dans ce grand parc, où les arbres perdent leurs feuilles au moment où ils s'enrichissent de l'or de l'automne — comme les hommes meurent quand ils arrivent à la gloire et à la fortune — Il avait éprouvé les amères délices dans la maturité de sa vie. Cette intimité de jeunesse au mi-

lieu du décor fastueux des siècles passés
plein de ses souvenirs, l'émotionnait.
Sylvie qui voyait Versailles pour la première fois, était folâtre ; elle courait de-
ci, de-là, à l'aventure, sautant d'aise,
secouant et foulant les feuilles mortes
qui couvraient déjà les allées, avec l'ir-
respect impitoyable de l'enfance pour
tout ce qui a vécu. Les pauvres défuntes
tombaient lentement du faîte des grands
arbres, et les pieds de la jolie fille en
faisaient aussitôt litière. Il avait eu l'idée
de l'emmener pour travailler d'après elle,
et d'enchâsser son élégante silhouette
dans certains coins discrets du parc. Tout
en travaillant en ce moment d'après une
vieille statue persillée d'humidité et ga-
gnée par la mousse, il l'entendait chanter et crier ; ses dix-neuf ans faisaient

grand tapage. Cette joie, dans ce lieu de silence et de mort, était pour lui de l'ironie pour la vénération et le culte du passé. Il ressentait comme un peu de souffrance aussi, en comptant les années qui donnaient la mémoire d'anciens souvenirs où il avait vécu au milieu de ces jardins, avec une jeune amie morte maintenant.

Dans ce sentiment venait s'infiltrer de l'attendrissement au sujet de l'allégresse actuelle de Sylvie, pour la beauté de son visage et la grâce élancée de son corps. Et il supputait combien de temps il pouvait raisonnablement compter jouir ainsi de ses ébats; et la tristesse le gagnait à mesure que le soleil baissait à l'horizon car il y voyait l'image du déclin de sa virilité.

L'odeur humide des bas-fonds, où l'humus pourrissait, lui montait au cerveau ; le brouillard se répandait peu à peu autour de lui, comme le trouble de son tête-à-tête avec les dix-neuf ans de Sylvie gagnait son esprit. Cette confrontation de tant de printemps, avec son automne prochain dans cette fin de journée d'octobre, lui infligeait un malaise contre lequel il ne cherchait pas à réagir. Il subissait une peine méritée peut-être. N'était-ce pas imprudent, contraire aux lois implacables de la nature, de combiner cette intimité dans un pareil milieu ? Il se demandait cela, quand sa compagne, marchant avec précaution, vint espièglement le surprendre par derrière pour le taquiner. Cette distraction dans sa rêverie lui fut un soulagement.

Le regard de sa gentille amie était si imprégné de jeunesse, si loyalement ingénu, qu'il en fut rassuré ; sa présence et sa joie firent évanouir sa mélancolie comme l'apparition du soleil dissipe les vapeurs au-dessus des marécages. Il se reconquit sur lui-même, passa sa main sur son front pour balayer d'importunes pensées, et voulut être tout à la jouvencelle. Mark se releva donc avec un sourire, et régla son âme sur la sienne ; n'était-il pas le musicien auquel on venait de donner le ton ? Un « tant pis après tout ! » monta du fond de lui-même et libéra son visage des préoccupations. La jeune fille voulut graver quelque chose sur le bas du socle de la statue, et s'accroupit lentement pour écrire » *Remember* ». Elle exigea qu'il suivît son exemple. Il écrivit alors dans le crépuscule et le brouillard envahissant, pour commémorer ce jour « *Sois bénie, ma petite Sylvie, parce que, grâce à toi, j'ai retrouvé ma jeunesse ici* ».

Ils se prirent par la main et dansèrent follement devant Pomone. Les doigts de Sylvie étaient potelés et souples, tout le printemps qui était en elle gagna Mark. La tête de celui-ci redevint ardente, et il revécut d'inoubliables instants sous la toute puissance de la juvénilité, se demandant si ses scrupules n'étaient pas craintes vaines, en présence de l'éternité de l'amour.

— Peut-être la beauté fera-t-elle vivre l'art féministe de Mark ; tant pis si lui en meurt.

Picturomanie

~~~~

A J.-F. Raffaëlli.

Qui n'est pas troublé par la quantité toujours croissante d'Expositions se succédant sans répit? *Exposition des Artistes-Français, de la Société Nationale, Salon d'Automne,* celui des *Indépendants,* les Expositions des Cercles, celle des *Femmes-Peintres,* des *Aquarellistes,* des *Pastellistes,* de la *Société Syndicale des Artistes,* et les exhibitions nombreuses des différentes Galeries, et les groupements infinis des *Intimistes*, des *Amants de la Nature*, des *Orientalistes*, des *Peintres de Montagne*, et les appellations diverses professionnelles : Les peintres de l'*Administration des Postes et Télégraphes*, *les peintres des Chemins de Fer*, et le *Salon Militaire*, et ceux qui ont lieu dans les localités suburbaines, et les devantures des marchands de la rue Laffitte etc. etc Quelle marée montante ! On a fait dans le clan impressionniste une certaine notoriété à un douanier qui s'amusait à faire de la peinture, demain ce sera à un gardien de la paix, et après demain à un ouvrier couvreur qu'on découvrira : il y a déjà des fumistes.

Une des causes de cette surproduction écœurante est celle-ci : Après le salon des *Indépendants*, le *Salon d'Automne*, où l'hospitalité est offerte à tous ceux qui n'ont rien appris, et que certains littérateurs soutiennent d'autant plus, qu'ils ont moins de technique qu'ils appellent virtuosité. — Qu'importe qu'ils n'aient pas de talent, s'ils ont du génie ! Alors la foule défile tantôt déconcertée, tantôt hilarante, mais beaucoup entendent vanter ceci ou cela ; des paysages où les nuages sont peints comme les rochers ou les rochers comme les nuages, des femmes de la plus basse vulgarité, aux chairs malpropres, bonnes pour vous faire prononcer des vœux de chasteté. Voyant que toutes ces déjections de palette sont appelées de la peinture, combien se sont dit : — J'en ferais bien autant ! et le malheur veut qu'ils aient tenu parole ; ils ont mis la main à la pâte et les peintres amateurs ont germé plus dru. Puisqu'il n'est pas nécessaire d'avoir appris et que l'ingénuité suffit, je suis tout-à-fait en forme, dit le futur Cézanne, et ils couvrent des aunes de toile.

Hier, devant un bureau de poste, comme je sortais une lettre de ma poche pour la faire recommander, je trouve dans mon pardessus toute une série d'invitations pour des expositions d'art qui étaient oubliées. J'envisageais le temps qu'il me faudrait, les dispositions à prendre pour aller aux plus intéressantes, c'est dire que je montrais malgré tout de la bonne volonté, et je résolus de me rendre au local de l'une d'elles. A ce moment, je vois un jeune peintre étranger qui se retourne et re-

vient vers moi. Il s'arrête, me salue, at-
tend ma main, et après s'être informé de
ma santé, me demande avec un gentil
sourire, si par hasard je connaîtrais son
encadreur qui habite à peu de distance
de chez moi — Non, lui répondis-je. Je
vois d'ici son magasin, mais je n'ai jamais eu affaire à lui. — C'est que c'est
mon fournisseur, et j'ai une série de
peintures qu'il doit m'encadrer pour les
envoyer au salon de la Nationale. — Et
vous désiriez que je les visse ? — Oui,
j'en serais content.

— Eh bien ! j'irai les voir prochaine-
ment parce que je vous connais, et n'ai
jamais rien vu de vous. Nous nous quit-
tâmes, et le jour même vers 5 heures, je
me rendis chez l'honorable commerçant.
Il me montra aimablement les toiles en

question. La production était inégale, deux ébauches ne m'intéressèrent qu'un peu. Un autre visiteur était présent, nous causâmes tous trois, et l'encadreur en vint à nous parler insensiblement de lui-même, nous montra de ses paysages faits au bord de la mer et peu après, en clignant de l'œil, il s'écria tout-à-coup d'un ton sensationnel, en me montrant ses murs où étaient accrochés un certain nombre d'esquisses, très lâchées pour la plupart : — Monsieur, il y a ici de la peinture d'un enfant de douze ans ! Il dit cela emphatiquement, à très haute voix, se reculant un peu pour juger de l'effet produit. — Ah ! vraiment ? — Oui, et je serais curieux de voir si vous les distingueriez de suite. Or, démêler de la peinture faite par un enfant de douze ans, des productions des peintres d'avant-garde de la dernière heure n'est pas aussi aisé qu'on pourrait le croire. Après m'avoir vu regarder de droite et de gauche avec hésitation, il lança impatiemment — Monsieur, cette toile-là à droite, et ce portrait à gauche, et cette nature morte que je tiens dans ma main et qui est alors sa première peinture. L** et B** en ont été stupéfaits. Quel œil ! Quelle appréciation des valeurs !.. Et l'arrangement ! — Or l'arrangement était deux pots sur une table, et comme je secouais d'abord la tête pour m'éviter de répondre, et peut-être inconsciemment pour en faire tomber une pensée, je finis par dire néanmoins. — Oui, j'ai déjà entendu des petits prodiges en musique, mais des peintures de cette dimension par un enfant de cet âge .. je n'eus pas besoin d achever la phrase et j'en fus heureux. — N'est-ce pas ?.. Eh bien ! c'est mon fils, monsieur ! et je m'en soucie bien plus, comme vous pouvez le penser, que de ce que je fais moi même, ajouta-t-il incidemment. Et me faisant valoir les empâtements de couleurs maladroitement formés qui se trouvaient sur les joues d'un portrait, — Et regardez ce qu'il en met le gaillard, tenez, tâtez, et il passait ses doigts sur les encroûtements qui semblaient de l'eczéma. Je daignai lui donner cette satisfaction et bravai les chances de contagion — Hein ! qu'en dites-vous ?.. et après un silence auquel nous collaborâmes tous, il ajouta: — La seule crainte que j'aie, c'est qu'on lui donne de mauvais conseils, qu'on me le gâte. Il faut que je le gare, et l'élève pur de tout contact... Et comme je voyais ce bambin croître virginal, tel un lys solitaire dans le domaine de l'art, je crus pouvoir lui dire. — Oui, mais enfin il faudrait qu'il apprît ce qui lui manque. Cela était une erreur paraît-il, car le père répondit : Mais, Monsieur, il ne lui manque rien,... puisqu'il a tout.

Variations de la Mode

~~~~~

A Madame ***

... Et je pensais d'abord, en revoyant les gravures de modes des temps passés : Cela ne dit rien, c'est prétentieux, d'un déplorable goût, — troublante qualification, car on appelle toujours mauvais, le goût de l'époque précédente. — Cela est dépourvu de tout charme, et cependant, continuais-je en moi-même ; elles ont tout de même été jolies, nos mères et nos aïeules, elles ont fait assaut de grâces, et les cœurs de leurs contemporains ont battu pour elles autant et peut-être mieux qu'aujourd'hui. A quoi tient donc l'insignifiance des toilettes démodées ?

C'est qu'à toutes les époques, la femme, préoccupée avant tout du désir de plaire, avait le geste voulu que provoquait tel ou tel costume, et la manière de le porter. La femme, dans le perpétuel souci de rayonner à nos yeux, recherche incessamment, ajuste, combine, détruit, recompose avec la modiste et la couturière tout l'attirail de son triomphe. Dans l'intimité de l'atelier ou du boudoir, elles refont sans cesse à elles trois l'œuvre éternelle du règne esthétique. Et quand la coupe du costume a été trouvée, mixture combinée de ressou-

venirs anciens avec les caprices modernes, quand la forme de la jupe, la
coupe du corsage, l'emploi judicieux
des garnitures, l'harmonie des couleurs
longtemps débattues et élaborées enfin
avec le lancement d'une certaine nuance ;
quand l'idole parée a encore au milieu
de vingt formes de chapeaux choisi le
modèle définitif pour l'adopter pendant...
trois mois, et qu'elle le portera enfin sur
elle comme le clocheton qui couronne
allègrement l'édifice, alors ce ne sera
que la moitié de l'œuvre qui sera faite :
il restera encore — grave question —
la manière de porter tout cela, les grâces
à en tirer dans la marche, le repos, à
pied où en voiture, au théâtre ou à la
ville ; il y aura le *geste* à trouver, qui
sera la conséquence fatale du nouvel

ordre de choses et le rythme corporel
dans le balancement de la robe inédite.
Et alors toute une révélation de grâces
nouvelles, de coquetteries infinies, sur-
giront du relèvement d'une jupe — cette
chose capitale entre toutes — et de l'ap-
propriation de la coiffure au chapeau
nouvellement édifié. Du corsage sortira
soudain, par les manches, comme de
magiques cornes d'abondance, le trésor
des grâces infinies qui se manifesteront
par les arrondissements des bras char-
meurs, et par les délicieuses minaude-
ries des doigts qui savent le mot d'ordre
transmis mystérieusement, et exécutent
leur prestigieuse fascination.

Quand l'on voit les gravures de la fin
de l'empire, on se moque. Les dessin
de la *Vie Parisienne* de Marcellin vous

font hausser les épaules — Quoi ! ces
chignons volumineux, ces chapeaux mi-
nuscules, ces extravagantes crinolines,
ces immenses rubans, *suivez-moi jeune
homme*, comme les nourrices de bonnes
maisons en portent aujourd'hui ; vous
allez défendre ça ? C'était tout ce qu'il y
a de plus ridicule. — Non, ce n'était
pas à cette époque-là si ridicule, croyez-
le bien ; car la femme, éternellement
charmeuse, revêtait tout cela, aucun détail de toilette n'échappait à la contagion
de sa toute-puissante beauté. Le charme
corporel s'exhalait du dessous, mystérieusement, gagnait l'enveloppe des
vêtements de dessus ; les grâces se
jouaient dans les fanfreluches. Le costume à cette époque était excentrique,
soit, mais, pour le porter, la femme

avait alors ce qui se comprend dans un seul mot, peut-être guère employable aujourd'hui, elle possédait ce je ne sais quoi qu'on appelait *le chien*.

Vers 1869, 1870, et un peu plus tard encore, il y avait la longue jupe qui traînait sur l'asphalte avec un bruit particulier et d'où sortait le jupon plissé et brodé, c'était la *balayeuse*. Cette dénomination était fort juste, car son rôle sur l'asphalte était de ramasser tout sur son passage. Eh bien ! à cette époque, voir une femme descendre l'escalier d'un théâtre, la voir se mouvoir dans les attitudes multiples de la vie, était un spectacle particulièrement curieux. De cette jupe incommode, elle avait eu l'ingéniosité de tirer de merveilleux effets de silhouette. Cambrure de taille, torsions

de buste, où sont vos gestes d'antan !
belles visions de ma tendre enfance, vous
vous êtes évanouies avec la réalisation
momentanée du style d'alors. Qui n'a
pas vu une élégante de ce temps là monter en voiture, n'a rien vu. Elle donnait
un coup de reins, lançait nerveusement
et clandestinement le pied sous le flot
des jupons, et ramenait le tout savam-
ment dans la main pour entrer avec
aisance par la porte étroite d'un coupé,
et disparaître aux yeux du badaud en
extase.

De la femme de cette époque, j'ai encore la vision bien nette. Noceuses de
chez Brébant, soupeuses du Helder, vous
descendiez, la chevelure ardemment
blonde et scandaleusement ébouriffée,
dans un flot de clarté ; les corsages mal

reboutonnés bâillaient de fatigue au matin. Vous emplissiez de vos falbalas les
escaliers où les éclats de rire retentis-
saient, avec le bruit sec des hauts talons
Louis XV comptant les marches. Aujourd'hui le personnel de la haute noce
est plus calme, en apparence du moins,
et les toilettes sont plus discrètes.

Aux crinolines, aux jupes à traîne, aux
châtelaines, aux *pouffs*, ont succédé les
robes-fourreau. Les robes châtelaines for-
çant le bras à s'allonger le long du corps,
la main se bornait à retenir délicatement
l'extrémité de la longue jupe. La robe-
fourreau, gainant bien la jambe, motivait
une perpétuelle tension du ventre et de
la cuisse. Il y avait longtemps qu'un costume n'avait aussi bien dévêtu la femme.
A ces séduisantes trahisons de la robe

démodée, a succédé aujourd'hui la *jupe-cloche*. Les modes de 1830 sont revenues en faveur, escarpins à talons plats et manches à ballons. Les deux mains de nos dames sont réquisitionnées aujourd'hui pour le double relèvement latéral de la robe très large. Elle évoque ainsi parfois l'image de la tenue d'une élégante japonaise en grande toilette, dans certaines estampes de Kuni-Sada. Non-seulement la mode du costume s'est transformée, mais nos contemporaines elles-mêmes ont varié encore d'allures, de gestes et de maintien. La mode a changé la femme conme la femme a changé la mode ; c'est un effet reflexe. Changement de l'une et de l'autre, aimons-les toujours toutes deux dans leur actualité, comme nous les aurions admirées dans leurs avatars antérieurs. N'est-ce pas le renouvellement de la grâce, ce charme kaléidoscopique que revêt l'impérissable beauté, et cela, pour l'enchantement incessant de nos sens, comme pour la damnation de notre âme.

1896 (*Manuscrit retrouvé*).

TABLE DES MATIÈRES

Vannes. — Imp. Lafolye Frères.

www.ingramcontent.com/pod-product-compliance
Lightning Source LLC
Chambersburg PA
CBHW051138260626
47170CB00005B/1874